爱上阅读·中小学生晨读精品选

高长梅　许高英　主编

通往梦城的火车

常聪慧 著

九州出版社
JIUZHOUPRESS　全国百佳图书出版单位

图书在版编目（CIP）数据

通往梦城的火车 / 常聪慧著. —— 北京：九州出版社，2014.3
(2021.7 重印)
（爱上阅读：中小学生晨读精品选 / 高长梅，许高英主编）
ISBN 978-7-5108-2755-6

Ⅰ.①通… Ⅱ.①常… Ⅲ.①小小说 – 小说集 – 中国 – 当代
Ⅳ.①I247.8

中国版本图书馆CIP数据核字（2014）第041943号

通往梦城的火车

作　　者	常聪慧　著
出版发行	九州出版社
地　　址	北京市西城区阜外大街甲35号（100037）
发行电话	（010）68992190/3/5/6
网　　址	www.jiuzhoupress.com
电子信箱	jiuzhou@jiuzhoupress.com
印　　刷	北京一鑫印务有限责任公司
开　　本	720 毫米 × 1000 毫米　16 开
印　　张	9
字　　数	150 千字
版　　次	2014 年 5 月第 1 版
印　　次	2021 年 7 月第 6 次印刷
书　　号	ISBN 978-7-5108-2755-6
定　　价	36.00 元

阅读随想（代序）

　　爱上阅读。阅读能使我们进一步获取智慧，获取解决问题的方法与能力。

　　微信中，有一篇叫《读书的十大好处》的文章流传颇广。它概括的所谓十大好处独树一帜：1. 养静气，去躁气；2. 养雅气，去俗气；3. 养才气，去迂气；4. 养朝气，去暮气；5. 养锐气，去惰气；6. 养大气，去小气；7. 养正气，去邪气；8. 养胆气，去怯气；9. 养和气，去霸气；10. 养运气，去晦气。

　　微信中，还有一篇文章也被大量转发，叫《读书是最好的美容》。文章认为，"人通过读书，在幽幽书香潜移默化的熏陶下，浊俗可以变为清雅，奢华可以变为淡泊，促狭可以变为开阔，偏激可以变为平和"。的确，打开书，便打开了一扇面对世界的窗口，你读天，无际的长天予你灵性；你读地，宽厚的大地赠你理性。打开书，便打开了一面审视生命的镜子，那扑面而来的真善美令人陶醉。

　　还是微信中的一篇文章，叫《通过阅读解决自己的困惑》。文章认为，阅读不能仅仅是小清新、轻口味、品时尚的浅阅读，有时还得"重口味"。阅读即要脚踏实地，要观看现实，了解人类文化的百态，知识的种种。但是只看"大地"那是不够的，还需要仰望星空，还要读读诸如《论语》、

《庄子》之类的书，以加深我们对人性的理解且不丧失对智慧的信心。

再引用著名作家王蒙先生2013年9月发表在《人民日报》上的《"攻读"的日子哪里去了》中的一段话：离开了阅读，只有浏览与便捷舒适的扫描，以微博代替书籍，以段子代替文章，以传播代替学识，以表演代替讲解，将会逐渐使人们精神懒惰，习惯于平面地、肤浅地接受数量巨大、获得廉价、包含着大量垃圾赝品毒素的所谓信息，丧失研读能力、切磋能力、求真求深的使命与勇气，以至连讨论追究的习惯也不见了，苦思冥想的能力与乐趣也没有了，连智力游戏的水准也降到幼儿级别以下了。这样下去，我们会空心化、浅薄化与白痴化，我们的宝贵的头脑的皱褶将渐渐平滑，我们的"灵"的思辨思维功能将渐渐萎缩，而我们的大脑将只剩下海量获得八卦式的信息然后平面地记忆下来、转销出去的"肉"的能力。

杨绛说得更好：读书正是为了遇见更好的自己。读书到了最后，是为了让我们更宽容地去理解这个世界有多复杂。

爱上阅读。阅读提升我们的素养，阅读最终将改变我们的人生。

目录
contents

PART 3
记忆之漂

PART 4
最美丽的手

PART5
通往梦城的火车

长不大的硬币

　　小果曾是我最好的兄弟。我们的交情要追溯到五百年以前，或者更久远。在很久远的某一天，我们各自跨着骏马奔驰，在大地的中央邂逅，自此我们就成了生生世世的兄弟。许多个相互讲故事的晚上，我们不断补充这个假想，并为此激动不已。

奔奔的世界

　　几番目光交战,那孩子怯了,败下阵来。揉揉鼻子,自认倒霉地走了。他把一张钞票掷给吧台,老练地抓起号牌。

　　那个叫"咪咪"的Q友不在线,却给他放下一堆留言。有些他懂,有些不懂,甜腻腻的,让他心里像被针挑了似的,说不清是哪儿疼哪儿痒,真想哼哼。换作平时,他就回复,也说些似懂非懂半真半假的话,刚发送过去,有时候"咪咪"就蹦了出来,搂住他又是抱又是啃,热情得像邻居家养的哈皮犬。

　　但今天他不高兴,谁也不想理,戴上耳麦玩起他的"梦幻西游"。

　　今天一早儿他就一肚子气。老妈一边在卫生间涂抹,一边大声和老爸商量,说:"放暑假了,抽时间赶紧把奔奔送回老家。"

　　奔奔是他在家里的专属名字,正像邻居家的哈皮叫"赵丁丁"。他一听就火了,觉得自己好像是件行李,任谁想提到哪里就提到哪里,还不如"赵丁丁",想往哪里溜都要事先和它说说好话。

　　"奔奔,你妈是想让你体验体验农村生活,熟悉下你爸小时候生活的地方。"老爸在卧室打着领带。

　　"老爸,天这么热,你打领带热不热啊。"

　　"啊?"老爸没想到他突然转移话题,本来想好的一肚子劝慰之词,一时没地方安放。

　　"最近美容院生意好得不得了,我这里实在是抽不出空儿管他,你过两天又要出差,要不你出差带走他得了,免得在家惹祸。"

"妈,讨论我的事,你能不能和我说话?"他在客厅里跺着脚。

"这不是在说嘛,一会儿你爸就要走了,别打岔。"

"我看不行给奔奔报几个培训班好了,提高了成绩,又有地方看管孩子。你说呢,奔奔?"老爸探出头小心翼翼地望望他。

"我,不,上,培,训,班。我又不是一条狗,我不用人看管!"他大发雷霆,甩门而去。

他有手机,有钱包,有一辆很酷的"捷安特",现在还有了安身的地方,在这里他有朋友,有游戏,饿了招招手网吧的人会送来一份盒饭,只是,他心里怎么那么的空啊,空得像没边没沿的无底洞。

这究竟是为什么?!

爸妈总是没有空,他和"赵丁丁"玩的时间也比和他们在一起的时间长。妈妈生意好时又一天到晚泡在她的美容院,生意不好时天天在家冲他发脾气,比较之下,奔奔希望妈妈生意兴隆。爸爸总是出差,从南到北,没完没了。偶尔有空闲又出去应酬。二年级时,有一晚他坚持不睡觉等爸爸回家。那夜是满月,空荡荡的月光水洗似的青亮,不断,不断,不断地漫上来,想要吞没他。他硬撑着,一直守着,坐在写字桌前看漫画,最后漫画里灿烂的世界一把将他抓住,拖入梦乡。后来他又试过几次后,就不再等候爸爸。

屏幕上是热热闹闹的游戏,打打杀杀,杀杀打打,走不尽的迷宫,探不尽的险。蓦然,一句流行的句子爬上心头——"哥玩的不是游戏,是寂寞"。他在这一刻第一次有了伤感的感觉,空空荡荡,无限寂寥。这一刻,他怦然心动,仿佛对某些秘密有了惊人的洞悉,他想保留得更久些,所以这一刻他谁也不想理。

不理是不现实的,电脑没费了,在提示了几次后,毫不容情地关机了事。他口袋里没有钱续费,只好快快地走出网吧。

大脑还挂在时间的空洞里,一肚子火没地方发。未及转弯,一个人直撞向他,他一把抓住,是刚才被他挤了位置的小子,他怒气冲冲,迎面就是一拳,然

后紧接着就是拳打脚踢，骂道："找打是不是，不服气是不是？打啊，打啊。"

他不知打了多久，直到被人拉开。他看到地下躺着的人血糊了一脸，自己的拳头和身上也是血迹斑斑，他惊恐地弹起身，望着周围一双双惊惧的眼，他想说些什么，但口干得厉害，终是什么也没有说出口。他转身离去，他希望有人拉住他，问问他为什么，或者直接打他一顿，但没有一个人站出来。

走进小区，门口逛着"赵丁丁"，一见他，狂喜地扑过来。他一脚踢去，"赵丁丁"飞出去半米，落进了灌木丛中。"赵丁丁"的"妈妈"邻居张姨气得要死，骂他："着了鬼了！"

他心里硬得像砖，冷得像冰，打开防盗门，轻轻关好。老爸和老妈早走了，屋里空荡荡像渺无人烟的荒漠。他坐到学习桌旁，像打量陌生人一样打量自己的双手。

忽然一阵"哆哆"敲击玻璃声，他抬起头，一只麻雀守在窗外，摇摆着灵巧的小脑袋，用一种探究或悲悯的神情与奔奔对视。

奔奔哭了。在空寂的房子里号啕大哭。今天是他的生日。十五岁的第一天。

爸爸的影子

娟儿是女孩儿。因为是女孩，一出世，爸在产房门外便拂袖而去。所以娟儿在整个童年、少年是默默地。默默地起床、穿衣、刷牙、洗脸，然后穿过爸爸阴郁脸色的影子，走进通往学校万道朝辉的旭光里。

娟儿的静默有时让人心怜,偶尔地管之叫"爸"的那个人注意到了,就从电视屏幕里抬出头,盯着娟儿沉思一阵,望久了,张张嘴,却不知说什么好,末了,叫一声:"娟儿,给我泡杯茶。"

娟儿就听话地泡来一杯茶,细心地吹去浮在杯口的白沫儿,杯把儿冲向爸,双手捧着递过去,脆生生叫一声:"爸!"爸接过来,脸子还是沉沉的,看不出风雨,好像还没有从若干年前毫无准备的落败中缓过来。娟儿每当看到爸松垮垮的脸就难过,疑惑自己是不是爸亲生的。

娟儿十八岁那年参加高考,一不小心成了当地的高考女状元,以超出分数线八分的成绩,考取了上海交大。爸接过录取通知书,翻过来倒过去瞅那张纸儿,仔细鉴定一番后冷着脸还给娟儿,好像那不过是张电费单子。

娟儿一直是梦游状态,亲戚朋友昔日同学,围在身边嗡嗡嘤嘤,她好像落进了蜜蜂群,这些蜜蜂甜着呢,还有一些外来的蜜蜂,近道的远道的闻名而来,拖着子女找娟儿介绍经验。娟儿只管憨憨地笑。除了爸在她头顶时不时飘过一丝阴云外,生活真美好。

娟儿成了名人,也成了忙人,一所私人培训学校瞅准商机,特聘娟儿传经送宝,一三五日,一周四次,为不同年龄阶段学子讲授如何成为高考状元,中小学生家长们趋之若鹜,赶着孩子来听课,每节课教室都挤满了人。

娟儿很开心,站在课堂上的她越讲越自信,亮闪闪的眼睛里飞舞着七彩斑斓的花蝴蝶。

时间就在一节课一节课中飞快地流逝,距离大学报到的日子越来越近了。

今天晚上是在培训学校的最后一节课,校方在对娟儿万般祝福后,送给娟儿一个厚厚的信封。娟儿揣着厚厚的信封心口怦怦直跳,像脚上安了弹簧的小兔子,飘然又坚韧地向家的方向飞去。

夏日的夜强劲而有力,急驰的汽车呼啸而过,将摇曳多姿的街灯划出一道道斑驳的色彩。湿热的空气里到处充满跃跃欲试的分子。

娟儿想吃一回肯德基,用自己刚刚领到的钱犒劳犒劳自己。于是她在

往家的方向折了一个弯儿，穿过已经凉下来的街心公园。一条黑影尾随而去。

撞击、惊叫，抢夺、奔跑，追赶、呼叫……

……破碎……

娟儿的世界最后只剩下破碎。

还好是爸及时赶到，赶跑那道黑影恶魔。原来爸一直暗中跟着她。

爸——娟儿捧着爸的照片泣不成声。别走，你还欠我一个说法，我到底是不是你亲生的啊……

照片里的人沉闷着一张脸，无话可说。

长不大的硬币

那枚硬币就在那儿，像一条乖顺的狗，以一种安稳的姿态横躺在马路中间。来往车辆风烟一般穿过它的身旁。

这枚硬币面值一元，是哨儿的，或者说十五分钟前是哨儿的。现在，哨儿正站在马路沿死死盯紧它，生怕一错眼硬币长出翅膀跑了。

在十五分钟之前，哨儿来到一个三岁小男孩面前，摊开手，亮出一枚过于珍爱，而在手心攥出油的硬币。三岁男孩警惕地打量那枚硬币，又打量哨儿。哨儿抬手指向拐角门市："买糖。"

三岁小男孩摇摇头，继续蹲在地上玩沙堆。沙堆在小男孩的塑料工具下，一会儿变出蒙古包，一会儿变出大象，一会儿变出一只鸟儿。哨儿的哈喇子都出来了，入迷地观看。在他眼里，蒙古包里藏着咩咩叫的羊羔，大象能扳倒大树，俊俏的鸟儿一抖身就会飞上天。

哨儿讨好地再度把硬币送到小男孩眼前："买糖。"

小男孩儿疑惑地向四周张望。哨儿知道他在找他哥哥，一个穿蓝条纹校服高高大大的初中生。在哨儿的眼里，那个哥哥真了不起，每天他都背着这个小男孩儿到街心公园来，有时追足球，有时放风筝，有时逮蚂蚁。今天哥哥给弟弟堆了一个沙堆，现在哥哥又去找沙子了。每次都看得哨儿眼馋，总想，要是他也有个哥哥该多好。

哨儿执着地递去硬币："买糖。给你。"

小男孩似乎有些害怕，站起来，畏畏缩缩伸出了手。哨儿笑了，用袖口抹了抹鼻涕，一把推开小男孩，占领了沙堆。他蹲下来，无限惊喜地抚摸那些神奇的玩具。像是有一团火，从那些五颜六色的色彩中传导到他的指尖，然后燃烧进他的眼睛里。爸爸老骂他是个憨子，在外面摆摊回来总是生气，一生气拧住他的脖子就是一脚。妈妈就发出让哨儿心碎的叹息。可他是个憨子，连话都说不清，又怎么安慰忧伤憔悴的妈妈。

哨儿一家是流动人口，街道曾经给过他们这样的称呼，后来又改为"外来务工人员"。别管是哪一种吧，哨儿在别人眼里都不过是个"憨子"。他们家最值钱的是一辆带顶三轮车，白天爸爸骑着它出去卖炸串儿，爸爸像伺候孩子一样伺候车子，车身干干净净像新的一样，车链子蓝瓦瓦地发出汽油的味儿。家里最不值钱的是哨儿，浑身脏兮兮的像跌进油锅的老鼠。

哨儿最渴望能有个哥哥带他玩，像远远走来，手里捧着一袋沙子的那个哥哥。他满脸含笑，坐在沙堆里等。他相信，那个哥哥肯定会把他当成弟弟。那是个多阳光，多有耐心的哥哥呀。但知道，其实那个哥哥不是小男孩的亲哥哥，是邻居，就住在他家租的那个院里。

"怎么回事？"哥哥一把将沙土摔在地上，跑到小男孩面前。

"我不要，是他硬给我的。"有人掌腰，小男孩尖叫起来，并奋力把手里那枚硬币扔向大街。

哨儿的眼睛随着那枚硬币飞跃、蹦跳,在完成几个依依不舍的旋转后,咕噜咕噜停在马路中间。

哨儿很难受地离开那块沙堆,因为哥哥带小男孩飞快地走开了。几句话飘进哨儿的耳朵里:"以后不要理这样的傻子,小心给人卖了。"

马路上一直有车,车来车往,车水如龙,像隔开两岸流不尽的大河。

哨儿探了几回身子,都被大河挡了回来。他极想取回那个硬币,他害怕了,要是被爸爸发现抽屉里少了一块钱,肯定又会给他几脚。要是从此把他赶出家,那他该到哪儿吃饭、睡觉啊。

一分钟就像一天那么难熬,时间闻到鼻子里尽是焦煳味儿。有认识的人就问哨儿在做什么,哨儿冲人委屈地撇撇嘴:"我要我哥。"来者"啪"一巴掌拍在他后脑勺儿上,大笑:"这个憨子。"谁都知道哨儿的爹妈从老家只带来哨儿一个娃,五六年了,根本没有哥哥。

兄弟树

小果曾是我最好的兄弟。我们的交情要追溯到五百年以前,或者更久远。在很久远的某一天,我们各自跨着骏马奔驰,在大地的中央邂逅,自此我们就成了生生世世的兄弟。许多个相互讲故事的晚上,我们不断补充这个假想,并为此激动不已。

六月一个没有任何征兆的下午,小果说,嗨,那个琉璃瓶真漂亮。我顺他手指望去,瓶子玲珑可爱,摆在地摊中间,炽白的阳光穿过茂密的梧桐树叶,摇摇摆摆照在上面,嫣红的瓶子里好像盛着会发光的魔水。

我一眼就喜欢上这个瓶子。跑到摊主面前,千叮咛万嘱咐,千万不要把这个瓶子卖给别人。下午有两节课,一节是美术,一节是体育。好不容易熬过美术课,我心急火燎奔下楼,隔着学校栅栏眼巴巴望出去,瓶子还在,我的魂儿才稍稍安静下来。

小果看我志在必得,急了眼,他说是他先看上的。我冲他诡异一笑,临走时用手背拍拍他的胸脯,哼着歌儿走掉了。

操场上堆着七八个铅球,同学们一下子欢呼起来。那是我们男生最喜欢的运动器械。只有小果闷闷不乐。小果肯定很生气,上体育课时不理我,故意站得远远的,不多瞧我一眼。

体育老师喊我掷铅球时,我想象是站在奥林匹亚山上,万壑松风,惊涛拍岸。学校白围墙上刷的红色标语"发展体育运动,增强人民体质"像是人头攒动的观众。我感觉自己在飞高,激荡着越过操场的上方。

这一刻我甚至忘记学校外面的琉璃瓶。这是个秘密,我要买下它送给小果,做我们结拜的证物。

小果家和我家是邻居。我们两家是枝叶相连此对生长的兄弟树。兄弟树出现到我们这代是第三辈,我们的父亲们,我们的爷爷们,都是换过帖的拜把兄弟。他们已是盘根错节的老树,我们是长在老树旁的新生树苗。昨天我和小果商量着也要换帖。

我模仿大卫掷铁饼的样子,盘旋着,继续飞高,在飞翔的高空,用力抛出手中的铅球,我能听见铅球滑破空气的摩擦声。

当我重新降落,四周一片静默。没有掌声。小果古怪地躺着,像一件被人粗暴扔在地上的衣服。铅球在他脑袋的旁边。随后,被定格的时间突然发动,所有的人像疯了一样加速度运动,像电影里的快进镜头。只把我留在原来的空间。

从那以后,我被施了魔法,真就留在原来的空间里。永远没有走出那一天。

第三天，父亲和爷爷把我领到小果家。小果站在桌子上，严肃地望着镜框外的世界。

"跪下！"父亲将我揉倒。

"兄弟，弟妹，要杀要剐随你们！"父亲一脚把我踹翻。爷爷走前两步弯腰想扶，又顿住，一拍大腿，哀号一声："我不管了。"扭头而去。

我莫名其妙爬起身，迟钝地看着小果家。这个我无数次来过的地方，怎么此时屋顶那么高，房子那么旷，所有的家具都脱离了它们原来的模样，疏远得有些狰狞。我像第一次进门的陌生人，打量这个陌生的地方。

小果妈一声，"我的儿"，昏厥倒地。

大人们忙乱起来，忘记了我。我才得以重回三天前那个空间。那是禁锢我的圣地，只有躲进那里，我才能自由呼吸，才又重新和小果一边分吃东西，一边讲我们五百年前，或者更久远前相逢的故事。

第二天，父亲又把我拎进小果家。

第三天，又是。

第四天……

第七天时，小果父亲隔着门，哽咽着说："别再来了，看见这孩子就想起小果。难受啊——"

父亲抱头蹲在地上，号啕大哭。

我被父亲凄厉的哭声吓到了，畏缩着走向前，扯父亲的胳膊："爸，起来吧，咱回家。"

"滚！你这个要命胚子，让我对不住兄弟。"父亲凶狠地瞪向我，染血的眼球喷着怒火。我害怕地低喊"爸——"

"别叫我，我不能做对不住人的事，只当我这辈子没生过你这个儿子。"父亲猛扑过来，狠狠掐住了我的脖子……

很多年后母亲都不能原谅父亲。"虎毒不食子啊，要不是小果爸冲出来——"这话作为口头禅出现在母亲每句话的开头。无论有理没理，父亲马上就蔫了，望向我的眼神也是呆呆的，没有精神。

"兄弟,求求你走吧,是兄弟就走吧。"那年终于有一天小果的父亲再次拒绝我父亲上门,"别再为难孩子了,命,都是命啊……"两个父亲,两个兄弟,一个门里,一个门外,泣不成声。

没多久,父亲还没找到赎罪的方式,小果全家就搬走了。

我与小果的世界永远分离。

魔镜

工匠王小波做出一面镜子,送给了李家成夫人。

第二天,李家成府的仆人专程跑来,赏了他一笔钱。

第三天,李家成府的仆人又来了,又赏了他一笔钱,数目是前一天的两倍。

有人打听何以王小波会得到如此多的赏赐,王小波挠挠头,说他只是为李家成夫人做了一面镜子。

于是镜子行业应声而起,像雨后的杂草一样,空前兴隆,前所未有的兴旺,包括很多从未见过镜子的人,也纷纷开始制作起镜子。

但很快人们就发现,再没有哪个人得到王小波那样的好运。

有人就去王小波那里学艺,尽管人们很虔诚,但事实是许多人的镜子仍旧卖不出去。镜子挤在仓库里,很寂寞地慢慢老去。

有人指责王小波欺骗大家,并且约定不再和他说话。王小波很委屈,他上街找人辩解,抓住任何可以抓住的人,告诉人家他给李家成夫人制作镜子的全过程。

他说，我确实是按和大家一样的程序来制作的，中间环节不差分毫，使用水银的分量也不多不少。没有人在他面前止步。

王小波每天像个幽魂一样，孤独地在大街上走来走去。

有一天，一个聪明人问他：在制作过程中，有没有发生工艺之外的事情？

王小波想了想，说，我在制镜时曾经喝了三次水。聪明人耐心地引导，让他再回忆。

王小波用力拍了拍不太聪明的脑袋。大叫一声，我在倒水银前，不小心划破了手，瞧，现在手上还有疤痕呢，当时肯定有一滴血掉进了水银中。

人们恍然大悟，一起说"原来如此"，并且因之前的无礼向王小波道歉。

王小波激动得满眼泪花，为自己重新回到集体中而庆幸不已。

但没过多久，镇上的人又抛弃了他，再次谁也不再理他。因为镜子工们划破手上所有的指头，也没能制作出王小波那样的镜子。伤口不断增加，旧的还没有止血，新的又添加了上去，直到镜子工们的妻子出面阻拦，才不至于让他们割下自己的双手。

王小波跪在上帝面前，日夜祷告，可是上帝也无法安慰他那颗破碎的心。

聪明人又来了，再次引导王小波进行回忆。

王小波忍不住哭了起来，重述他的制镜过程。他说李家成夫人是那么美貌，又那么好的一个人，和李家成一样的仁慈，前年因为收成不好，李家成府免了所有人的税金，他们在佃农生病时还去看望，可这样好的人，却刚刚失去了他们年幼的儿子，多英俊的孩子啊，像天使一样，小小年纪已经懂得怜贫爱老。李家成夫人伤心得天天把自己锁在黑屋子里，李家成为安慰她，所以命我给她制作一面镜子，希望她能开心起来。我也希望她开心起来，因为我也有儿子，他就是我的天空和太阳，一眼看不到他我就无法安神，所以我知道失去儿子的痛苦，所以我想制作一面世上最好的镜子送给她。

聪明人迈着沉重的步伐离开王小波，召集来镇上所有的人，以真诚和慈悲为主题,进行了一整天的演讲。他讲了李家成夫人的故事,所有的人都哭泣了。

"爱心!"聪明人喊,"我们不是缺乏制作镜子的技艺,而是缺乏爱心。所以,我们人人要有爱,才能制作出精美的镜子。"

王小波也被感染了,在大家的簇拥中享受爱戴和赞颂。但当大家让他传授如何才能拥有"爱心"时,他不知如何是好:制镜匠就是制镜匠,他一个工匠只会制作镜子,又怎么讲得出什么大道理,如果他会说,他也是聪明人了。大家快快不乐,一个个离开了他。

天黑了下来,王小波一个人在广场发呆,孤单的影子一时长一时短,像它的主人一样无精打采。

"爸爸。"一个干脆的童音从远处飞奔而来,随后一个香喷喷的吻亲上他的面颊。这是他五岁的儿子。

猛然,王小波想起一个细节。送镜子那天儿子是跟他一起去的,在往李家成夫人屋里安放镜子时,儿子离开他走到床边,静静望着床上搂着自己儿子照片的李家成夫人,并在临走时轻轻吻了吻她。那个纯洁的吻像道光,霎时点亮了李家成夫人。王小波看到李家成夫人眼里闪动着泪光。

王小波想放声大叫,想唤回离开他的那些人,但张张嘴,还是放弃了。他想,我只是个愚蠢的制镜匠,这样的事,说出来也不会有人相信,即便有人信,接下来不定又要遭什么罪呢。

龙珠

　　一个男人和一个女人在大沙漠里相遇。男人发现女人时,女人因为饥渴和劳累而奄奄一息。

　　女人已经濒临人生的终点,她将一个黑色丝绒小包塞进男人手里。恳求道:交给他。

　　男人焦急地追问:他是谁？去哪里找到他？而女人已溘然长逝。

　　黄色的沙漠风暴铺天盖地从西方席卷而来,转眼将女人埋没。风沙过后,天地澄明,水洗似的干净。到处是连绵起伏的沙包,再找不到女人存在过的痕迹。

　　男人打开布袋,里面是一颗拳头大的夜明珠,在蓝蓝柔月映照下通体发光。他目瞪口呆。

　　现在,不管他愿意还是不愿意,总之他必须背负起这份重托,将夜明珠送达"他"抑或是"她",一个不知名者的手上。当然,如果他担当得起良心的谴责,也可以将夜明珠据为己有。而男人想都没有这样想过。

　　几天的跋涉后,他来到一片绿洲。绿洲到处是骆驼和四处游方的小贩,集市上遍布色彩夺目的珠玉和玛瑙,在阳光的照耀下,整个绿洲华贵而富丽堂皇。

　　受人之托的男人不知如何寻找夜明珠的主人,因为语言不通,他无法和绿洲里的居民沟通。于是他来到集市,拿出一块方巾,将夜明珠摆在上面,希望有人主动和他交流。

终于有人注意到了他,站在他身边叽叽喳喳地说话,而且人越聚越多,直到拥堵了整个市集。

现在,所有的人都围在他身边了。男人抬头冲人们微笑。

人们一齐指着他哈哈大笑。男人在人们的指点中开始失去自信,他摸摸自己的头发,自己的脸,以为沾上了什么脏东西。人们更加大声地哄笑。

男人顺着人们的手指指向,望句地上的夜明珠,愣住了:从包袱里拿出时还烨烨发光的夜明珠,此时变成一块丑陋的石头。这绝对是那颗夜明珠,为了以防万一,他一直抓着它,从没有离手。

绿洲里的人像看猴戏一样,嘲笑围观这卖石头的外乡人。男人只好收起方巾,在他将夜明珠放入怀里的那一瞬即,明显地感觉到手中之物重新变得温润圆滑。男人思忖一下,明白了:夜明珠不属于这里,这里没有他要找的人。

来到第二个集市是在十天之后。他知道夜明珠是通灵之物,自会识别有缘之人,所以他这次直奔最热闹的地方,放心大胆地将夜明珠放于集市之上。但这次他失算了,眨眼之间,夜明珠从他眼皮子底下不翼而飞。男人呆呆发怔。

他茫然四顾,不明白是怎么回事,难道,夜明珠找到了自己的主人?他不禁有些失落。

突然,一个重物砸在他的脑袋上,血流如注。一个凶神似的恶汉站在他的面前。呸了他一口,骂道:竟然拿一块石头藏在怀里,坏了他神偷的声名。周围的人也围了过来,纷纷指责男人坏了这个市镇几百年来“偷必有值”的规矩。

原来这是一座“小偷之城”。偷在这里是合法的,每年都要进行偷技比赛,以维系“人人会偷”的传统。

群众的情绪越来越激动,眼看就要引起一场暴乱。男人匆匆捡起刚刚扔向他,又变成丑石的夜明珠,抱头鼠窜而逃。

长不大的硬币

他一直逃了很远，悲伤快要把他压垮了。

他不知怎么兑现他的承诺，帮助那个女人找到夜明珠的主人。因为恐惧于上一次的经验，所以他来到下一座城市时，怎么下决心也不敢入内，只好坐在城门口号啕大哭。

城市的王听到他的哭声，让侍者带他进入宫殿，问他：我王国里的人民一向丰衣足食安居乐业，从来没有人哭泣，你因为什么哭得这么伤心？

男人哽咽着，将沙漠中受人所托的来龙去脉一一道来，说，我只是一个喜欢旅行的人，我只是希望在有生之年到过所有的地方，去过所有的城市，见识所有未曾见识过的风俗人情，可我刚刚离开家乡，还没来得及探索一座新城市，就在沙漠里碰到那个女人。唉，我的命运怎么如此的乖蹇（jiǎn）不幸。

王说，听说有一种龙珠只在有缘人面前显露它的本真。王让他拿出夜明珠，夜明珠只是在王眼前闪了闪，又变成一块石头。

王深思良久，道：我相信你，你是一个高尚的人，所以龙珠在你手里是明珠，而在俗人眼里只是一块石头。王顿了顿：我来告诉你，孩子。王扶起男人。你完全不用将此事当成负担，只需要随缘，自然而然就会找到夜明珠的主人。

可是，您不觉得别人的信任，自己做出的承诺，同样都是人生的重负吗？时间越久，负担会越重，每天都让我呼吸困难，感觉不自由。

这样吧，你如果想卸负，可以将夜明珠放在我这里，只当什么事情也没有发生。

男人闻言连连摇头。他选择继续完成他的任务。

真是一个固执的人。王望着他的背影叹息。

# 墨一迪的画

说来像段聊斋或是寓言,但我的同学墨一迪,确实在一个日光昭昭的白天隐入了画中。在这之前,墨一迪曾无数次向我提到过那幅画,但从未拿出示人。我一直以为那幅画不过是他的想象。

我是墨一迪的同学,事实上,自从前年他妻子带着他的孩子移居加拿大,我也成了他在这个城市唯一有联系的人。

刚刚领我进来的是个热心人,他站在墨一迪办公室门口大声喊:"墨一迪,有人找。"

无人应答。阳光从宽大的落地窗照进来,整间办公室充斥在强光里,从外面进来的人看不清室内。他又喊了一声,依旧无声。

这位老兄连声抱歉:"等等啊,等等,等我去找找他,早晨明明见他从我身边经过的。"随后,"墨一迪,墨一迪……"的呼喊声在整个楼道响起。

我深感不安,局促地走在墨一迪的办公室。来找他是临时起意,正巧办事路过他单位楼下。我们已经好几个月没有见了。

眼睛慢慢适应了光线。这是间很大的办公室。整整齐齐摆放着无数个卡座,卡座将房间分隔成无数个空间,每个空间都有一桌一椅一人。只是人们都不说话,每个人的双眼都只紧紧盯着自己面前的电脑屏幕。方才我以为房间里没有人,没有想到居然这么多。

我越发的不安。"墨一迪"的呼声在屋外回荡。远得像旷野里刮过的风。

蓦然，我依稀听一丝声音：

"嗨，听到了吗？有人居然在找那臭人。"

"嘻，听到了。居然有人找。"

"嗨，听到了吗？有人居然在找那臭人。"

"嘻，听到了。居然有人找。"

……………

那些声音像尖尖的线，一根一根，前脚跟后脚，汇聚如潮，紧密相连，编织成一张让人透不过气来的网，勒得人脑仁疼。我无法听清声音发自哪里，似乎来自四面八方，而观察座位上的每个人，人人都像纹丝不动的机器，既不见有人走动，也无人交头接耳。

"嗨，听到了吗？有人居然在找那臭人。"

"嘻，听到了。居然有人找。"

……………

那些声音停在一个频道，不断重播、回放。我像不小心一跤跌进一个噩梦里。四处的强光照耀着我，明明是白天，我却像落入阴冷的夜晚，浑身冒出冷汗。

我担着小心走近一人。向他打听墨一迪的位置，打算把带给他的那套茶具放下就走。这里的气氛给人的感觉极不舒服，让人想逃离。

那人遥遥一指，我在强烈的光线中摸索着找到墨一迪的座位，那里果然空着。

然后，我就在墨一迪的桌子上看到了那幅画。

那画作，左侧是辽阔静寂的大河，在五月阳光照耀下闪着光。占据画面更多空间的是浅蓝色的群山，由一条嶙峋山道蜿蜒而上，重重叠叠，一直延伸到遥不可及的天际。在云雾之间隐显出一座宫殿，那檐角垂挂的铜铃微微斜倾，仿佛在轻风的抚动中飘然欲响。

我盯着那宫殿，喘不过气来。我肯定这就是墨一迪的画，我曾在他的讲述中不止一次梦到过它。再没有比这更荒唐的事了：眼前，云纱缥缈间，墨一迪站在两尺之外的白玉柱旁,手里捧着一卷古书,正在摇头晃脑地吟咏。

前几天,墨一迪打来电话,大概是喝醉了,他说他住在一个荒凉的星球,然后是乱七八糟让人听不懂的狂言。尽管我过得也不如意,但我觉得我有义务关心一下他。

没想到墨一迪居然有能耐藏在画里。

我心中狂喜,这是多少伟大的藏身之地啊,我也想拥有这样的法术。

"墨一迪!"我大叫。我抬步欲奔句他,突然发现自己无法行动,肉骨凡胎像巨石般沉重。

墨一迪惊讶地望向我,然后颔首微笑,挥了挥手中的书卷。

突然,耳边声如石裂,洪钟巨响,我被人狠狠操出画外。

我的眼前仍是墨一迪的那幅画,但是它正在渐渐消失,像被人拎着衣领扯下来一般,先从顶底,然后慢慢到画轴中央,最后是那条泛着粼光的大河,彻底不见了。余存桌上的,只是一张空空的宣纸。如果留意,或许会发觉那宣纸有些年头陈旧得发黄。

真耶,幻耶? 我不知道,但我明白,我的同学墨一迪是真的"不见了"。

"哈,可找到你了,还以为你已经走了。"那位好心人跑得呼呼直喘,热气腾腾来到我面前,"我打听清楚了,墨一迪上周就出差了。"

我摇摇手中发黄的宣纸,不知说什么好。

再过些天我去墨一迪的办公室,那间办公室依旧强光笼罩。依旧人人危襟严坐,默不作声。

"墨一迪。"我轻声呼唤,"墨一迪,有人找——"

那个座位上坐着一张鲜嫩的面孔,他茫茫然摇头。他说,不知道。从没听说过墨一迪。

我试图寻找上次带我入内的热心人,同样遍寻不到。

"墨一迪。"我轻声呼唤,"墨一迪,有人找——"

长不大的硬币

菊殇

　　"菊香苑"是公园里生产菊花的苗圃基地,现在它需要一位管理员。有一个人去申请,并且很快被录用了。

　　这人真是个天才,"菊香苑"在他手里很快发展起来,五颜六色的菊花遍布公园的角角落落,这些菊花含香吐蕊,娇美绝伦,每一朵都是世上独一无二的。这些菊花不但内需旺盛,而且出口量也空前绝后。每年都有成千成百的新品种被培育出来。世界菊品名录里有大半出自"菊香苑",而且品种还是不断添加中。

　　菊花的盛产给整个地区带来无可估量的财富,从根本上解决了社会就业问题,并带动起许多相关行业。每天,这个地区的居民都沉浸在菊花的幽香里,从早晨一睁眼,到夜晚来临千家万户的窗户亮起温暖的灯光,所有人都是笑眯眯的,心情无与伦比的舒畅。他们都齐声赞美聪慧勤奋的菊花管理员。

　　而这些赞美管理员一概是听不到的,他整天在菊花的花朵与枝叶丛中,根本顾不上抬头。

　　有一天,一前一后来了两个人。他们都是热爱菊花的人,甚至只是听到某种菊花的名讳,都会激动不已。

　　先来的人在"万寿菊"圃找到管理员。他说他想和管理员合影,管理员尽管不满他影响自己修剪花枝,但还是满足了他。于是这个人获得一张照片。这个人又提出要求,说他想捐一笔钱,只是希望下一个新培育出的菊花品种以他的名字命名。管理员断然拒绝。管理员说新品种的花种自未出生前就有已经有了自己的名字,管理员所做的,只是把它们接生出来而已。

这个人不死心,特别强调"可是一大笔钱哦"。为了减轻自己的尴尬,他说请允许他在苗圃里四处逛逛。管理员做了个请便的手势后,继续埋头自己的工作。

先来的人刚走,后一个就出现了(两个人一来一去的方向一致,真无法相信他们竟然没有相遇)。

后一个人提出和前一个无二致的要求,也是先要一张合影,紧接着,他也是大大地吹捧了管理员一番,说人民是如何的尊敬他,如何的爱戴他,按影响力完全可以接任下一届总统。管理员极不耐烦地说,他只是个花匠,只想安静地待在花园里。

后来这个人说出和前一个人同样的愿望,也是打算捐一笔钱,想以自己的名字为下一个新品种命名。

这时,先来那个人又回来了,和后来这个人一起磨缠管理员,他们又许下好多承诺。

管理员摆摆手笑了:"这是不可能的,花朵从出生前就有自己的名字。而且,将自己的名字强加于某件事物身上,我看不出有什么意义。快走吧,我还要干活呢。"

"请相信我们的诚意,世上没有哪个人比我们热爱这些花了。"两人异口同声地说。

"可是,爱归爱,但也没有必要据为己有啊。"管理员不解地回答。

"我们绝不是据为己有,我们只是想在自己一生钟爱的事业上,留下一点儿自己的印迹,证明我们曾经来过,不虚此生,哪怕一点点,哪怕只是一朵娇弱小花的名字。"

管理员挠挠头,还是不理解。他一心惦记河塘对面苗圃里的枝叶还没有修剪,"瓜叶菊"已经开始哭泣了,"鳞托菊"们不安地窃窃私语,"波斯菊"

长不大的硬币

正密谋发动叛乱，要给疏忽了它们的管理员好看。

管理员被缠得六神无主，心慌意乱，为了打发走这两个人，他很不情愿地答应了他们："可是，马上就要开花的新品种只有一个，下一个要在三个月之后。"

先来的人说，给我，我先来的；后来的人说，给我，因为我的出现才使事情成功的。

管理员左右为难，不知怎么办好。

给我，我有十几家跨国公司，我的财富在世界上首屈一指。

给我，我占地球上石油份额的百分之八十九。

给我……

给我……

最后两个人像小孩子一样打了起来，打得满脸血迹。

其中一个不干了，他召集来几个同乡狠狠为他出了口气。

另外一个怒气冲天，派来一队人马杀死了那几个同乡。

于是战争开始了。

从地面打到天空，从天空打回地面；从原始肉搏到高科技火箭。人们充分发挥自己的聪明才智，造出比对方威力更强大的军事装备，试图抢在对方之前干掉对方。

战争不断升级。

战争促进了一切工业事业的蓬勃发展。

只是苗圃不见了，人们再闻不到弥散在生活周围的菊花清香。但没多久，刚刚失去菊花香的人们又重新找到另外的就业方式，并且发现这种方式获利更多，物质生活可以空前的奢华。人们又眉开眼笑了。

人们就渐渐忘记了那个"菊花苑"，忘记了那位心灵手巧的菊花匠。忘记了曾经历过的安恬而悠闲的生活。

菊花死了。在天堂里日夜疼痛不已。

母亲

儿子很有钱,钱多到他自己也搞不清楚。

有钱的儿子想把母亲接到城里居住,优渥的生活,富丽堂皇的别墅,美丽的花园,多少美好的生活。儿子想尽自己的孝心。

但母亲不肯离开自己的乡村,在那里她还有两亩地,院子里的枣树、梨树,满畦的蔬菜,几只鸡,几只鹅,这些都让她放不下。

"儿子,你在外面过得好,过得高兴,妈就天天像过年。"母亲不止一次这样说。

儿子很无奈,嘟囔道:"哪儿有天天过年的?"

儿媳亲自从遥远的南方飞来接婆婆,哭得泪眼汪汪,老母亲陪着掉泪,可就是不肯走。儿媳失望而去,临走前留下一些现金。

母亲不知拿这些钱如何是好,银行账户里已经有很多钱了,又没有别的开销,要那么多做什么。她想了一夜,第二天起早托了一个妥当人,从省城运来一架钢琴和一些乐器,送给了学校。

她和校领导说:"组个乐队吧,培养培养咱娃,没准能出几个大音乐家。"其实她是想儿子了,当年儿子喜欢上二胡,拉得很不错,还在县里得过奖,但因为家里穷,初中只上两年就辍学外出打工了。她觉得欠儿子的。

每天下午放学后,母亲就坐到学校墙外听乐队练习。听着听着她眼前就想象是儿子在里面弹琴,那琴声像高高低低的山坡,长满浓密的青草绿树,偶尔会蹦出淘气的小兔子或者小松鼠,沿着草尖儿跳一出舞蹈。

学校去市里文艺会演时,特意邀请了老母亲。挤满学生的体育馆人声鼎沸。她的学生们上场了,一个个精神得像精致的洋娃娃。开始演奏前,一个学生代表上前讲话,他说,他们来自冀中农村一所普普通通的村级小学,今天能够通过层层考试集体来到这里,要感谢一个人,她就是他们的刘奶奶。

灯光转暗,一束光突然转到观众席老母亲的身上。老母亲惊愕地站起来,不知所措地和大家一起鼓着掌。

学生代表接着说,正是刘奶奶,让他们这些从来没有摸过贵重乐器的农村孩子实现了自己的梦想。孩子还在继续讲。老妈妈已经听不进去了,她的耳朵里轰轰像响着吵人的火车。她颤抖着拨通儿子的手机,冲那边喊:"儿子,你听,你听。"

儿子在忙,匆忙嗯了几声就挂掉了。

观看着孩子们的演出,老母亲双眼始终盈着幸福的泪水。

儿子总是忙,路途又遥远。以前是一年回来一次,后来几年回来一次。每次通电话时,儿子总一副疲惫不堪的语调,每次他总重提要老母亲去城里享福。老母亲还是拒绝,她想儿子,想孙子,但她是真的放不下。

儿子春节回来时,给她带来一对阿拉斯加狗,送给老母亲解闷。说城里的老太太们都喜欢养这样的狗,听话,懂事,像孩子一样。

学校再开学时,老母亲就开始带着她的阿拉斯加"儿子"听音乐,两条小狗不乱跑,温驯地跟在她身边,淡蓝的眼珠像水晶一样灿烂,它们总是那么信任深情地抬头望向她。老母亲一碰到这样的目光心里就融化了,栓了几次后,她再没用儿子留下的项圈锁它们。

现在,老母亲更加舍不得离开她的家。

学校里的孩子们都叫她"刘奶奶"。刘奶奶哪天没有经过学校孩子们就开始惦记。村子里有许多她这样的留守老人,儿子儿媳打工走了,留下父母和孩子,有的条件好或者差一些,但情况都差不多。

有一天村里一个老人没人照顾，跌断了脚，八十多岁了，躺在床上，哭得像个孩子。老母亲探望回来，走进村长家。她要拿出她所有的钱，发动大家有钱的出钱，有力的出力，在村里办个敬老院，聘请专门的护工，照顾年龄大的老人。没地方可以把敬老院安在她家，只要能照顾好老人们。

此事惊动了省报，报道出去后，敬老院迅速成立。附近村里的老人也闻风而来。

儿子听说后，打来电话，问母亲这是图什么，好好的城里高档次生活不过，好好的安静小院不要，图什么。母亲回答不出，嘿嘿傻笑。

儿子担心母亲，决定这次无论如何也要带走母亲。

他提着行李来到家门前。惊讶地发现他都不认得这个家了。门前的梨树像是迎接他归来，梨花开得洁白而绚烂。过了影壁墙，更让他震惊，院子里正开着一场音乐会，十几个老人欢欢喜喜坐成几排，宽敞的屋廊下是几个表演的孩子。

他的母亲，围着围裙站在偏屋门前，笑呵呵地观看着。两只阿拉斯加犬一左一右蹲卧在母亲身边，摇晃的尾巴像一根飘洒的羽毛。笑容满面的母亲慈爱得像一位守护天使。

儿子停下了，他想起母亲曾对他说过的话，"只要他过得开心，她就像天天在过年"。现在，这个家不正是透着过年的喜庆与吉祥吗？他给不了母亲的，母亲在这里找到了。

妈妈——

一九九四年的娄平

一九九四年四月,娄平回来后,第一桩大事是在老宅起了栋别墅,三层,高低错落,西洋化的设计,听说是娄平从外面带回来的图纸。家里哥哥已分家另过,老宅子里其实只有老两口儿,老两口不事张扬原是不主张盖新屋的,即便是盖也没打算盖成书记说的"亮点",这好比草鸡窝里的草鸡突然一抖身做起了凤凰。到底还是拗不过娄平,书记那个"亮点"一封,镇上的不知怎么知道了,县里接着也有了话,说小娄庄紧邻国道,干脆给点儿补贴,整个村子全部弄成"亮点"吧。据说不盖成一样的不给批新宅基地,虽然正式文件还没下来,还是惹得村人叫骂不已。凭啥要和娄平这小子盖一样的屋子? 农村盖房讲究攀比,起的房子至少要比邻居高一砖,就是要不一样,又有高人一等的意思,没人丈量,也没人明说,大家心里透亮。现在没得比,全是娄平惹出来的。

娄平回来第二件大事,是赶在五一娶了本村一个老姑娘,左脚有点儿残疾,父母木讷不善为人,一拖再拖把闺女落在了家,三十二了吧,人还算平实,别人想这老姑娘要终老一生了,没想到天上掉下来个脱胎换骨的娄平,三十九岁,大是大了点儿,可人稳当,而且看样子很趁钱。啧啧,这福分。结婚那天,婚礼大鸣大放,彩花绸带满街飘,小小的小娄庄给闹得沸沸扬扬,似乎是嫌不过瘾,挂了红绣球的头车领着长长的车队沿着国道狠狠炫耀了一回。

娄平回来第三件震动人的事，是他身边始终跟着一个六七岁的小男孩，瘦瘦的个子，白果儿似的脸，一副怯怯的样儿，看哪儿都是好奇的。有人问，娄平告诉人家是外面捡的，在襁褓里就跟着他。对于这个回答人家总是有几分疑惑，毕竟这些年娄平不是生活在大家眼皮子底下。新婚媳妇回门儿时，偷偷和娘家姐妹说，晚上小小子和娄平一个被窝睡。娘家姐妹抿嘴儿笑她。

关于娄平自己，好像还不容别人在嘴里把他捂热，七月，一股烟儿似的带着爹娘妻小把家安在了县上，买了套房，在县新华书店对面赁了一间门面，开起了光盘、图书租赁门市。任老家那桩刚盖起来的大别墅闲着，荒着。爹心慌，娄平淡淡一笑，说，那是给别人看的。

娄平笑时必是先掀开左唇角，向上翻，露出一道凹凸不平的豁口，豁口里是满口的牙。牙是不会笑的，所以娄平笑起来，更像是咬牙切齿在恨。这道伤疤从娄平左下巴横斜而上，穿过嘴巴，一直延伸到右颊耳际。我常常回味娄平笑时的模样，并在清晨起床洗漱时不自觉地模仿那种表情。

娄平脸上那道疤像镇山虎，不见它咆哮却让人心生寒意。门市生意不是特别好，也和这个有点儿关系吧。九月，一辆叫得惊天动地的警车带走了娄平。新华书店的店员都跑出来了，围观的人有的说娄平戴着手铐，有的说没戴，双方赌天咒地争论很久。现场来的还有一台摄像机，几个记者掺在警察群里拥进门市，小小的屋子塞满人后，又掏空一样蜂拥而出，有人裹携着那个小小子一起带走了。

十一月，娄平被刑事拘留，罪名：盗窃、诈骗、劫持、拐卖儿童。娄平被拘留因为有人告他，那人说是他的同伙。同伙已经被正式逮捕，证据确凿，对自己的犯罪事实供认不讳，为减轻罪刑就咬出了娄平。当年他们曾一起南下闯荡。

爹娘去拘留所看他，一个巴掌拍过去，爹哭了，骂道，你个王八羔子的钱不干净，回去我就把新屋拆了。娄平说，判别的行，我没拐卖儿童，那孩子是我救下的。可同伙一口咬定是他们一起劫持了孩子。那是个小男孩儿，刚四五个月，贩到农村能卖一个数。可恶的娄平见孩子到手想吃独食，自己悄悄把孩子偷走倒卖。

我真没偷孩子。娄平给爹娘跪下。我也不知道他们是从哪儿偷的。南方的冬天冷起来贼冷，五六个孩子躺在板床上哇哇哭，也不知是饿了还是尿了，小脸儿哭得青紫，有一个，不哭时就拿小眼儿瞅我，乌黑乌黑的眼眸子，清亮亮的，他躺着，可就像站在天上批判我，瞅得我难受啊。收孩子的下线路上耽搁了，要过两天才来，两天，谁知道这些孩子会出什么事。趁他们不注意，我抱起一个就跑了，半路他们截住，一刀砍了过来……

你为啥不报案。

我害怕啊，怕他们报复，怕到警察那里说不清。我匿名往民政局打过电话，说了孩子的模样，可等了五天也没见人，就带着孩子走了。这些年，小平安就跟我自己孩子似的。爹，娘，你们得相信我……

这些话是记录在案的，作为一名实习律师，我有幸看到了当年的记录。

罪名迟迟不能认定，中间有许多事实需要取证。那名同伙因为其他罪行罪大恶极，被判死缓，两年后执行了死刑。娄平于当年十二月三十一日夜，撬开窗户，从五楼跳下，原因不详。这些都记录在一本薄薄的卷宗里。

二〇〇一年四月五日，这天是清明节，我又见到了娄平。稀溜溜的风从天上刮下来，像刀子，明明天上挂着艳艳的大太阳，偏又冷得硬邦邦，哪里都是冰柱一样，打在人脸上，脸疼，隔着棉靴抽在脚上，脚疼。娄平站在自己的墓碑旁，嘴角上翘，还是那副让人心生不安的微笑，只是那眼神里，充盈着对人世洞悉的放达、宽容，以及慈悲。

我就是一九九四年娄平身边那个脸像白果儿叫平安的男孩。

>>>>> PART 2
灰灰的鸽子

　　两只鸽子咕咕噜噜轻轻叫着,从半敞的窗口飞了进来。一只停在年轻人的肩头,一只停在沙发扶手上。那是两只灰色的雨点儿,转动着红宝玉样纯洁无邪的眼睛,东张张西望望。

灰灰的鸽子

小区里有许多鸽子,灰色的,周身像雨点儿一样斑斓的鸽子。每天早晨,东方刚刚吞出微光,那些鸽子就哗啦啦一起飞出鸽笼,像一团会发声的云,咕咕鸣叫着离开小区。

它们的主人是一位退休老教师。

这些鸽子优雅地滑翔在天空,是小区上空的风景。但是新搬进小区里的人总是抱怨。抱怨鸽子四处遗落的粪便,抱怨鸽子不分时辰的噪声,抱怨鸽子飞散褪落的羽毛。

新来的人总会反映到居民委员会,但他们走出门后抱怨声就消失了。

老教师在小区养了十六年的鸽子。在这个时间里,鸽子的数量曾经锐减到只剩下一只,也曾在那个夏天繁衍到无数。老教师是不计算鸽子数量的,只要是回到窝里的,他都悉数照料,哪怕是一只迷路的过客,第二天一去不回。

十六年的鸽龄和他儿子离开他的时间一样长。他现在已经不怎么想他了。

老教师忙碌的身边曾经有一个小男孩,背着书包,与他形影不离。但几年前,小区里的人就看不到那个男孩的身影了。人们只隐约记得小男孩黑黝黝的小脑袋总是低垂着,每天踩着自己脚下的线,一副心事重重的模样。

有人说小男孩是被亲妈接走了。只有居委会的老董知道，小男孩是被老教师一巴掌打跑的。老教师打人时，老董在场，在场的还有派出所民警，119 火警，120 急救。

那时小男孩已经上初中，正是挡不住的蓬勃年龄。架不住馋嘴同学的撺掇，趁老教师不在家偷了笼里的鸽子，几个半大小子找了一家工厂的角落烧烤。结果火苗引燃附近加工包装箱的木材库，大火蔓延，其中一个孩子严重烧伤。

老教师蹒跚着挪到医院，找到惊恐的男孩，一把搂进怀里，左右看他没事，随后一巴掌狠狠扇在男孩的脸上……

男孩从那天就消失了，临走将老教师家里的东西扔得乱七八糟，在墙上写道："我恨你们，恨这个家，恨那个杀人犯爸爸！"男孩还留言要去南方找他的妈妈。他带走了老教师全部积蓄。

老教师疯了一样寻找，找了半年，找不动了，就不找了，回到家，打开鸽子笼，放走了所有的鸽子。

大部分的鸽子找不到家，就另寻安身之所了，只有几只仍旧白天出去觅食，晚上停在老教师的阳台歇息。小区再听不到成片的招朋呼友温柔的鸽哨声。

有一天，老董领着穿制服的人找上门。老董领来的人是监狱的警官，警官带来一个信息，说老教师判了无期，又两次在狱中立功减刑的儿子最近表现反常，狂躁不安，几次有自杀倾向。

老教师长叹一声，热泪纵横，重新打开鸽笼，养起了鸽子。他与千里之外的儿子有种联系，联系起父子感情的正是那些鸽子。每周老教师都会放出几只鸽子，探问那个正试图爬出深渊的儿子。

老教师一年年老下去，空空的，像一具活动的树根。每天他坐在鸽子笼前，呆呆地望着那些轻盈的小生命。

老董也退休很多年了，偶尔他会找老教师喝喝茶，说说话。两朵夕阳的光落在鸽笼的铁丝网上，暗暗的，像两朵没有了力气，却又不肯熄灭的火。

PART 2 灰灰的鸽子

中午睡午觉的时候,老董做了一个梦。他梦见一群彩色的鸽子像一片云霞飘向小区的上空。他醒来后,颠颠地跑向老教师的小屋,急于讲述他的这个梦。他觉得这个梦预示着吉祥。

老教师家的防盗门大敞,里面一片哭声。老董吃惊不已。他走进门,客厅里只有两个人,老教师坐在沙发上,一个年轻人跪在面前。年轻人腿边是一只方方正正的骨灰盒。年轻人的手里握着一只展翅飞翔的木头鸽。

"爷爷,对不起。离开你我就后悔了,当年负气跑掉后,也不知到了哪里,流浪了几个月后,既找不到妈妈,也不敢回家,后来被一对好心人收养,供我上学,教育我做人,多年来一直劝我回来照顾你。只是……去年我找到了爸爸,爸爸在医院的最后几周我陪在他身边。这是他亲手刻的木鸽子……"

年轻人纵声大哭。

"爷爷,这些年我一直梦见你,梦见那些鸽子。"

"傻啊,傻啊——"老教师泪流满面,"我是怕你学坏啊,走你爸爸的老路,没想到一巴掌打走了你——"

两只鸽子咕咕噜噜轻轻叫着,从半敞的窗口飞了进来。一只停在年轻人的肩头,一只停在沙发扶手上。那是两只灰色的雨点儿,转动着红宝玉样纯洁无邪的眼睛,东张张西望望。

老董没有惊动失散多年的祖孙俩,打开阳台大门,此时斜阳正艳,一片移动的祥云飘在老教师的阳台上。

鸽子们,回巢了。

水界

天下着雨,漆黑如墨。有关这个地区的故事在夜雨的静窗下泛滥。

"那一年……"(许多故事都是以这样的句子开头)

那一年,老天爷像决了口子,拼命地往下界放水,下界的人们,也就拼了命地逃。逃出一时是一时。挂在树上的,下一刻就满眼汪洋,洪流打个旋儿,人就又被卷走了;上了屋顶的眼看不行,就游过去挤村口的牌坊。牌坊长七米高九米,是白玉节妇坊,大清时朝廷特赐修建,大牌坊是全县的脸面,全县的荣耀,但又能护下几个人呢?天亮时,牌坊上只剩下一个男人、一个女人和一个小孩。

女人是住在村南的寡妇,跑出来前揣了一口袋红薯。为了怕掉进水里,她很有心计地把自己和孩子用绳子捆在突出的柱子上。怀里的孩子是遗腹子,这会儿正吧吧嗯着母亲硕大的奶头。男人脸生,不是本村人,这会儿饥渴难耐,心急如焚地打着凉篷四处张望,恨不得把那水望出个边际来。

头几天,水还在腿边儿蹿,偶尔能冲过来个把吃物,有时是绿叶草,有时是泡得发胀的老鼠,不拘什么,男人一律捞起来就吃。男人狼吞虎咽的声音让女人直犯恶心。她打定主意不看,又无物可看,仓仓皇皇地不知怎么好。

再往后,水仍不见退去,四处望不到边的浑浊黄水。水里很少有东西碰巧撞到这里,男人已经好几天吃不到东西了,他伏在牌坊上,饿得没有了力气,时而抬起头,像恶狼那样盯着女人,以及她怀里的孩子。女人昼夜不安,惊恐万分。她曾听老辈子人说,饥荒年月,人饿得不是人了,是兽,吃孩子,吃老人,吃女人。她激灵灵打着寒战,更加不敢正眼看那男人。

第五天时,她终于挺不住了,向那个一言不发,只是恶狠狠瞪她的男人哀求道:"大哥,我这里还有几块薯干,你吃了吧。"

男人摇摇头,喘口气,艰难地转开他的眼睛。

女人继续哀求,"大哥,你饿了这么久,就吃点儿吧。只求你在水退后,帮帮我们孤儿寡母。"

"你男人呢?"男人终于开口,声音沙哑,是浓重的北方口音。

"去年下煤窑,死了。"女人苦涩地答,"坑冒顶了,连个尸首都没找见。"

"看你娘儿俩还过得去。"

"是,我娘家几个哥哥帮衬着,公婆家还有几亩地。"

"有地为什么要下坑啊,一入坑,半个身子就进了阎王门啊。"男人感叹着。

"地薄,叔伯兄弟多……"女人艰涩地垂下头。

"哦——"男人了然,不由得对女人生出一些同情。可以想见一个寡妇人家如何拖带着一个吃奶孩子在人丁众多的家庭生活。"都不容易啊。"

"听大哥口音,是北边的人?"

"是。"

"听说北边在打仗?"

"对。北边人比这边人苦。苦人只图一口饭吃就知足,可如果连口饭也吃不上了,那就要反抗。"男人浑身无力,但语气果断,"对,我们要反抗。只有反抗才能有饭吃。"

女人似懂非懂,有些惊讶地看着他。

男人说过几句话,累了。重新卧在牌坊宽大的石柱上。

半夜,女人听到一阵细微的咆哮。像是从脚底传出。她惊慌失措,像喊亲人一样,喊白天只说了几句话的男人:"大哥,大哥,你听那是什么,是什么!"

夜色吓人的黑。男人那里寂静无声。底下的咆哮声有增无减,像是一群地狱出来的小鬼,围住石柱,拼命地要爬上来。

女人不敢惊醒好不容易熟睡的孩子,带着哭音轻声叫:"大哥,大哥,大哥……"

"嘘,别叫。"男人不知何时爬到她近旁,悄声说,"底下不知漂过来什么东西,反正不是人。蹭住石柱了。"

女人瑟缩着更加搂紧孩子。心里祈祷着天上的神仙,西山的王母,南海的观音,快快把水退了吧。

东方微嘉初露,天渐渐明了。一夜未睡的女人低头下望,只见男人正伏下身打捞一条黄狗。那黄狗缠在一堆丝网间,幸运地和一块长条木板绑在了一起,现在那木板卡在牌坊的石柱间。黄狗气息奄奄发出呜呜的叫声。

男人费尽九牛二虎之力,把黄狗解开,扯着狗脚一把扯了上来。男人笑得满脸生花:"真是正瞌睡天上就掉下来个枕头,不,是肚子正饿着天上掉下来一块肉。真是天不绝我啊。"黄狗担在檩梁上,像一头待宰的牲口,像是知道刚刚脱离危险,又将遭遇什么样的命运。它微微喘着气,可怜巴巴地望着女人,半迷离的眼睛睁得大大的,女人从那双眼睛里看到自己和孩子的倒影。

"大哥——一个活物啊。"女人叹息,又没有底气大声。

"这世上,人才是活物。为条畜生饿死,不值。"男人凶悍地说。

黄狗冲他摆了摆尾巴,扬起,又重重地拍在石柱上。

"大哥,狗脖子上拴着东西。"女人突然叫了起来。

男人小心地把黄狗拖过来,取下它脖子上的竹筒。从里面倒出一件牛皮纸。打开,看过良久,长叹一声:"这是条义犬,咱不能吃。"也不对女人解释,他甩手将竹筒扔进水里,转手拿出布腰带将狗捆了个结结实实,气闷闷窝在石柱一角,嘴里嘟囔:"义犬,义犬,你家主人对你也真是义气,活着不吃,死了吃你,总可以吧。"

女人心里生出无限敬意,像个母亲,深情地望向那个男人。男人冲她龇出白牙:"水再不退,吃完香喷喷的狗肉,就吃你儿子。"看到女人吓得缩身搂紧孩子,他哈哈大笑。

灰灰的鸽子

似乎是那条黄狗带来了好运气，水当天下午就开始退，退得很快，像来时那样急，看来下游开了口子，泻了。

男人带着大难不死的黄狗走了，走得头也不回。男人临走前惋惜地对她说，北边还在打仗，他还要往前走，筹措经费和药品，就不能送她回家了。

女人抱着孩子痴痴望着他的背影，直望得眼酸。

一碗鸡丝粥

腊月初九，是郑河的生日，郑老太太最疼这个小儿子，一大早儿她就等在家中。

青灰的天乌麻麻的，压在房顶，天上飘着雪霄子，大米粒那么大，结结实实地砸在窗户玻璃上，啪啪有声。郑河媳妇顶着风进了门儿，手里拎着一盒喜气洋洋的"好利来"大蛋糕。

郑家有条不上墙的规矩：小辈儿过生日都要给长辈送礼，以示不忘本。至于送什么却随意，或是日常用品，或是包份红包，或是在餐桌上添道菜，不拘礼多礼少，算是尽儿孙们的心意。郑老太太如今八十有三，这份荣光，往条几前一坐，像一尊慈眉善目的观世音菩萨。媳妇冲老太太磕了个头。

"河子还没好利索？"郑老太太招手让媳妇坐下。

"是咧，天又冷了，更不敢出门，让我过来送蛋糕。"媳妇是个老实人，一来就忙着抹桌子扫地。

"咳，我这么大岁数了，能吃多少，一会儿再拿回去。"

"吃吧,河子想着你咧。"

"哦。"郑老太太应了一声,沉思道:"这一病从春天起,有九个月零二十九天了吧。"

媳妇偏头掐指算算,确实,笑了:"娘的记性真好,活祖宗啊。"

"怕是老不死的咧。"郑老太太叹口气,也笑了,脸上的笑意褶在一团菊花里。

"俺今天中午不走了,陪娘吃饭,想吃啥,俺做。"

"回去吧,也是一大家子人呢。"

"没事,都交代好了。"

郑老太太想了半晌,说:"那就买只烧鸡吧,把肉撕碎,搅进白粥里滚一滚,撒点儿葱花儿、盐,滴点香油,保管好吃。"

如果把村子当成一张大网,那郑老太太他们这一家应该算是大网中的小网,而郑老太太所在的老宅则是端居网中央的点,七个儿子及孙子辈们的宅基地分布在它的四周,遥相呼应,都相距不多远,打个喷嚏其他几家都能听见,所以郑老太太仗着能动手料理自己,坚持住在老宅。好在儿孙们知孝,一日三问,来来往往的,郑老太太门前颇不寂寞。像过生日这样的事儿,无非是借个景儿哄老太太高兴。"有老家中宝。"老太太高兴,大家高兴,所以这让老太太高兴的事各家都争相攀比。

烧鸡买回来了,白粥熬好了,依着法儿,一锅香气喷喷的肉粥端上了桌。

媳妇盛了三碗,一碗给郑老太太,一碗给自己,最后那碗照例供在条几郑河爹的遗像前。媳妇在像前点上香,鞠了四个躬,缭绕的轻烟缠成一捆儿袅袅浮上半空,混夹着鸡丝粥的蒸汽,热气腾腾地漫过郑河爹的脸,将镜框糊上一层蒙蒙的白雾。五十二岁的郑河爹藏在烟雾里,通达又豁朗地微微浅笑着,那微笑像极了郑河,媳妇呆呆凝视了一阵。

"再盛一碗。"郑老太太说。

"嗯?"媳妇茫然疑问。

"拿双筷子,供在你爹旁边。"郑老太太从里屋出来,手里攥着一张小照

灰灰的鸽子

片,两寸,四边儿是二十世纪五六十年代时兴的那种锯齿状。照片有些发黄,一个年轻英俊的海军站在激涛飞岸的岩礁上。

媳妇瞅了瞅,浑身一震,默默新盛一碗,碗口整整齐齐摆上筷子。照片上的人,是年轻时代的郑河。

"娘。"媳妇不敢看郑老太太的脸。

郑老太太搂着郑河,一头扑在条几上:"儿呀,每年过生日你都在娘这儿吃碗鸡丝粥,今年也别隔。"郑老太太老泪纵横,顺着菊花瓣儿大滴大滴地落下,"三月你一病我就知道不好,夜里你爹围着我床根儿哭了一夜。六月底我梦见咱家那口老井塌了,一条小蛇闷在井里,流着眼泪冲我伸头喊,儿啊,你属蛇,娘就知道你不行了……"

"娘!"不能忍受的媳妇扑通跪下,"几个叔伯兄弟一起商量着才瞒你,怕你伤心啊。"

郑老太太一下一下点着头:"苦了你了,苦了你了。"

"娘——"

郑老太太哽咽着搀起媳妇,两人不约而同望向条几,条几镜框里那张相似的脸憨憨地笑了。

后娘

孙老二抽了媳妇一个响亮的嘴巴子。一时间死静死静的,餐桌旁三个孩子六只眼睛全盯在孙老二身上,四岁的小儿子惊恐地一时看看爹,一时看看娘,撇开了葫芦瓢却又不敢哭出声。

事情的起因是由于二丫的一句话.她拿起筷子吃饭时孙老二的媳妇对她说,告诉老师后天的校服费一准交上去。二丫呼噜了一口粥:"不用管了,已经交了。"

"咦? 啥时候交的? 从哪儿拿的钱? "

"俺奶奶给的。"

"啥? "两个大人登时警惕起来。

二丫大概知道自己说漏了嘴,吞吞吐吐不敢再说,悄悄地将碗向桌子里面推去。

"咋回事? 老实说,那可是一百二十块啊,她一个老婆子哪有那么多钱。"孙老二的媳妇瞪着一双眼逼问。似乎眼前就是那个再旧的衣服也收拾得平平坦坦,总也梳着溜光水簪,默言寡语却长着一副深谙世事眼睛的婆婆。她不喜欢这个婆婆,她不喜欢她那双眼睛,仿佛时刻在嘲笑她的窝囊与无能,似乎在笑她养孩子更像是在养猪。

"俺奶奶不让说……"

"说不说,给你就要? 说不清她那个钱从哪儿来的。"孙老二的媳妇也许是气急,只不过是在教训孩子一时口不择言而已,从她嘴里蹦出来的话向来比她脑子的旋转速度要敏捷,所以,就发生了开头的一幕。

打了人的孙老二赤涨着脸,怒视着老婆。刚才他老婆的话犯了他的大忌,触痛了他心里的一块隐疤。现在村里传疯了,说他娘天天后半夜去找村西头的刘破烂,老婆的这番话就像是当面给了他两耳刮子,一下子点着了他的心火。

他娘住在村西,那是村里划给他宅基地后留下的老房子,三间头,独门独院,再往西就是个垃圾场了。这里还有一些老户,和他们家一样,新的宅基地都给孩子那辈子人盖去了。说来这个"娘"并不是孙老二的亲娘,他的亲娘早就过世了,那时他已经半成年早记事了,亲不亲后不后明白得很,他还记得当时是他狠挨了他爹一捶才勉强叫的"娘"。那个女人眯缝着眼

灰灰的鸽子

轻轻"哎"了一声。他很少叫她娘，打他爹去世后更是一声也没叫过。用他的心思，这都已经习惯了，喊不喊的都也是一家人，不过这一家人却疏远得很，所以他成家后划给块宅基地就匆匆搬了出去。

他孙老二摸着良心说，对这个娘还算是够接济的，逢年过节，隔三岔五的都会送米送面过来，每月的月钱二十块，不多，不过对一个不出门也没啥大开销的老太太来说也能说得过去，村里的许多老人也不过如此了。

孙老二干了七八年的村办小工厂年头里倒了闭，还好他有一门电气焊的手艺生活才不至于陷入困顿。就是这样，他每月也没断了月钱，孙老二思前想后想不通，他还有哪里做得不好，让这个"娘"竟然老杏出墙给人说三道四，丢他老孙家的人。

那些疯言疯语烧得他坐不住脚，盼到了夜深人静，悄悄起身摸向老宅子。

许是他来得晚了？老宅子大门上了锁。他想都没想，直接向刘破烂家走去。

这天的月亮可真明啊，把脚底下的小草都映得通亮，路过的几户人家都熄着灯，孙老二像做贼一样掩着自己的声息，却仍听得到自己牛一样呼呼喘气的声音。

村口的垃圾堆得两人高，在明晃晃的月光下反射着怪异的光，各种垃圾也在月光下发酵着难闻的气味。村里各条街每天都有人把各点上的垃圾运往这里，这里是个存储场，三两天村里就派辆大车拉一回。

由于村子整体在向东发展，这里四周又凄冷得很，所以平时罕有人至。在夜光下，这个垃圾堆像个怪兽趴在当地，更像是一个容易引人联想的犯罪现场。

"刘老哥，你看看，这个东西能卖钱不？"一个苍老的女声毫无预警地响起，惊动了一只耗子从孙老二脚下"嗖"地蹿过。

"这个造纸厂要，单独放，和别的掺一起就不值钱了。"又有了一个老男人的声音。

"哦,这拾个破烂也这么多学问啊。"

"可不,可这活儿不招人待见,被人看不起。"

"嗯,要不俺晚上才敢出来,怕别人见了给俺儿抹黑,好像孩子不管我似的。就是麻烦你晚上也不能睡,带俺两天,等俺明白了就自己出来。"

"说啥呢,反正我睡得也晚。你说你吧,也不算过不动,吃喝孩子也管,安安实实干干净净的多好啊,做啥也和俺这没人管的孤老头子一样掏垃圾呢。"

"唉,孩子艰难啊,厂子倒了,起早贪黑去外边干活挣的也不多,家里有仨崽儿,还得顾着我这个没用的老婆子,趁我还能动,能给孩子省俩是俩吧。"

"大妹子哟……"

孙老二抬不起自己的腿走路了。

月上半空,孙老二的后娘背两个布袋向家走来。

蓦然发现,一根半截树桩直直地立在自己家门口,她眯缝起浑浊的老眼借着月色上下打量。

"娘——"

父亲

这是个收拾得干干净净的小院儿。整整齐齐的青砖漫道,直达迎门三间北房。右首紧邻正房的应是间厨房,房门紧闭。左首种着一棵梧桐,有一

041

PART 2

灰灰的鸽子

人粗，浓密的叶子绿荫如盖，在这个三伏天给这个小院带来一丝清凉。树下有个石桌，几个小板凳散散地放在周围。

杨柳站在小院中，对这个小院心里依稀有点儿熟悉的感觉，再仔细追忆又抓不住是在哪里见过这个小院。

"有人吗——"她扬声冲房内喊道。

屋里寂静无声。

她踌躇一下，移步向正屋走去。她专程代公司经理为他的恩师祝寿，听说每年这个时候，经理都会亲自到老师家中来，但今年有事来不了。

房门没有锁，她敲了敲，再一次喊了一声。依旧没人答应。只好推门进去，打量这间客厅，简简单单只有几件家具，最显眼的要算是一帧帧镶框照片，几乎挂满整面墙。

她在那些彩色照片中很快找到了经理，他站在一个瘦瘦高高的老人身边，这老人仪容清峻，尽管只是在照片上，也能明显看到额上三条挺深的抬头纹，这应该就是经理的恩师了吧，给她的感觉这位老师尽管已经年纪一大把，但仍旧是个倔强的读书人，也许当年的老师都有几分这样的傲气与傲骨吧。

临来，听经理说起过若干他恩师的事情，这位老人把一生都投掷在当地的教育事业上，可谓桃李满天下。老师曾资助若干孩子读书，他就是其中一个，孤儿院长大的他从小学开始，就生活在老师家，在老师这里享受到父亲般的爱。他，就是我的父亲。经理动情地说。没有老师也就不会有我的今天。

一个是执着的教育工作者，一个是感恩的学生，杨柳明白这是怎样的一份慕孺之情。她从小没有得到过父爱，父亲和母亲在很多年前就离异了，童年、少年乃至到现在，每每想到"父亲"这个词，她都会在心里有种隐隐的蚕食般的缺失痛，所以她很羡慕有父亲的孩子。

小院寂静无声，还没有人回来的迹象。

杨柳只好把目光又放在墙上的照片中。这些照片应该有好几十年的历程了吧，有彩色的，有嵌彩的，还有黑白的，照片中人物的穿着也随着时间而有不同的变化。

突然，杨柳在一堆黑白照片中发现了一个极熟悉的影子。一个小女孩儿，一身棉衣，头顶虎头帽，脚穿虎头鞋，戴着一副长命锁，坐在小木马上咧着嘴在笑。这不是她吗？

杨柳揉揉眼睛，不相信地再次盯紧这张照片，没错，就是她，上面还题着字"最宝贝的女儿柳柳——一周岁留念"。

记忆的大门此时在杨柳的心上轰然打开，震得她脑子嗡嗡作响。

她有些激动，模模糊糊地有些明白为什么经理会花重金把她挖过来，并让她在这个日子来到这里。

门口传来一阵踉跄的脚步声，转头望去，经理正搀着比照片中更显苍老的那个人向屋里奔来。

"老师，您慢慢地走，我终于给您找到失散多年的女儿了，跑不了的，跑不了的……"

老人双眼微红，蒙着一层泪花，蠕动的双唇不停地念叨着："孩子，孩子，孩子……"

他的脚几乎走不成路，身体向大屋的方向栽来。

她知道那丝熟悉的感觉来自哪里了，这是她的家，她的生身之地。她三四岁的时候，跟随当年是老知青的母亲返城离开这里到遥远的城市后，就再也没有回来过，不是她不想回来，而是随着岁月的漫长，加上人为的因素，她已经淡忘了这里。

她抑制不住自己的感情向老人扑去："爸——"

 鞋垫

周末，我带着孩子去子建家做客，也是给在他家的奶奶老人家请个安。

奶奶见到我，满脸纵横交错的皱纹笑成了绽开的菊花，不顾别人的搀扶，乐呵呵地颠着小脚，捣着拐杖向我跑来。

"涛涛，你可回来了，吃饭了没？"

我迎上去扶住老太太的胳膊："吃了，吃了，您老人家身体还好吧。"

"好，好，好。就是你不在，家里冷清啊。"

"这不是忙吗，抽空我就来看您老。"

"忙，就知道个忙。"老人家嗔怪地扯了下被我抓住的胳膊。

"涛涛你来，看看娘给你做啥好东西了。"

老太太拉着我打开床边儿那个老檀香木柜子，在里面摸索半天，嘴里咕哝着："噫？我就放在边儿的呀……"

子建连忙走过去，从柜子的另一个角落拿出一样东西："奶奶，你是在找这个吧？"

"可不是，"老太太高兴得不得了，她抓过来，塞进我手里，"涛涛，试试，娘给你做的鞋垫，你说过最喜欢穿娘给你做的鞋垫，软和又吸汗。"

我捏着手里那一叠有些陈旧的鞋垫，望向子建，和他相对微笑。

儿子这时从外面跑了进来，刚才没人注意到他，他去逗狗玩了。

老太太猛地盯住了这个莽撞的小人儿，撒开我的手，笑吟吟地走过去，

"涛涛,放学回来了,饿了不,锅里有刚下屉的热馍馍。"

她朝儿子招手,向老檀香木柜子转过身来,一副藏着好东西的架势:"快去洗个脸,娘刚给你做好一双鞋垫,试试合适不。"

另一边的子建向我使眼色,我忙递过手里的鞋垫。

儿子一脸的莫名其妙,张口要喊"爸爸",我阻止住他,望着老太太在老檀香木柜子里搜索,心里是酸酸的,又热乎乎的感动。

涛涛是子建父亲的小名,子建的父亲早在十几年前就不在了。岁月如风,什么都在消失,已过古稀的老太太心里只有对儿子的记忆。

这样错认人的戏码我已经历无数次了,每个上子建家里来的人,都心甘情愿地做"涛涛"。

等待

四月中旬的一个下午,天空湛蓝蓝的。公园小径两旁高高低低的梨树上,梨花挂满枝头。空气中涌动着淡淡的清香。

佟阿姨拿着她的新手机,在梨花丛中拍照。

"奶奶,奶奶,帮我折一枝花好不好?"一个脸色通红的小女孩跑来,指着梨树上的梨花请求。

佟阿姨不忍拒绝,挑了一小枝开满花的枝子,折了下来,递给小女孩说:"来,下不为例哦,花花也会痛的。"小姑娘举着花枝兴奋地蹦蹦跳跳。佟阿姨看着她,笑了,暗自思量,如果女儿玲玲有个孩子,也应该有小姑娘这么

灰灰的鸽子

大了。

她不由拿起手机，将眼前这个欢欢喜喜的孩子拍了下来。自从前年老伴过世，佟阿姨日渐苍老了，白发多了起来。更加牵挂单身在外的女儿玲玲。

忍不住拨女儿手机，悠扬的铃声刚响几下，就断了，佟阿姨莫名其妙，心里七上八下，不明白女儿那里发生了什么事，就一次又一次地拨打。

"喂，妈妈——"好不容易传来女儿的声音，却明显有一股子气恼。

"玲玲，怎么才接电话啊，我正担心呢。"

"妈妈，我正在开会，告诉你多少次了，如果我当时不接电话，肯定是有事，过会儿会打回给你的。"玲玲不满意地说。

"哦，哦，是妈太多心了，嘿嘿。"佟阿姨理亏地赔着小心，放低声音，"这会儿开完会了没？"

"我出来接你的电话，妈妈——有事吗？"

"哦……"佟阿姨有些黯然，那个从小学到高中，一直娇惯地待在她身边的女儿，已经长成大人，远远地有了属于自己的空间，她的手与心再也触摸不到了。

"咱们这儿的梨花都开了，很美，你最喜欢，常说没有机会再看到，我特意买了个能照相的手机，给你发几条彩信。"佟阿姨没告诉女儿，为了学会发彩信，她在营业厅磨了好几天。

"妈妈——你不停地打电话，就是为了说这个？"玲玲在那头儿不耐烦了。

佟阿姨不由吸了口气，讪讪地解释："我以为你喜欢，梨花期只有这几天……"

"好了妈妈，我还在开会，很忙，有时间再打给你，哦，对了，钱不够用时告诉我，拜拜。"女儿匆匆挂断了电话。

"嘟嘟"的忙音从另一端传入佟阿姨耳朵里。她默默放下胳膊，望着这款最新出厂的手机，亮晶晶的金属外壳，在四月阳光下闪着柔和的光泽，握在手里，却冰冰凉凉。

"忙，总在忙，忙点儿好啊。"佟阿姨念叨着广告里的一句台词，怏怏地离开。游人也都在散去，公园门口的人多了起来。

佟阿姨刚走出来，突然听到对面马路上一声尖锐的急刹车，紧接着"咚——"的撞击声，她惊愕地抬头望去，就见一个物体犹如放慢镜头的蒙太奇，沉重而又轻盈地向她的方向飞来。啊，是那个举着花枝的小女孩。

公园门前，人和车渐渐稀少，远远的，肇事车四周围着一圈安全线。此时，天近黄昏，满园梨树宛如点染了一层薄薄的胭脂。

佟阿姨呆呆地坐着，望着小径的尽头，她也不明白到底在等待什么，盼望什么。

和安娜女士的最后几天

安娜的班机抵达时贺子航在县里，正陪同大大小小领导视察重点项目。安娜说，不要急，我在酒店等你。

安娜是贺哲的老朋友，贺哲最后一次离开前，曾再三叮嘱贺子航，如果安娜来一定要好好接待，"就像我在时一样"。算来贺哲说这话已时过八年。八年，可以是男孩向男人嬗变的一瞬间，也可以是女人苦苦修炼的一辈子。

贺子航很早就一腔热情等待安娜女士的到来，只是不很巧，最近单位一直在乡下调研，忙得顾不上接机，忙得都顾不上回"阿媛"的电话。"阿媛"留言:老爸老妈要开除他的女婿籍。安娜微笑着看他:女朋友，还是老婆?

贺子航就笑了，觉得安娜比想象中还要亲切。是娘子。

灰灰的鸽子

哦，如果不方便就不要陪我老太婆了，家庭和睦更重要。

哪里话，刚和"阿媛"解释过了，如果不是因为一个案子缠手，她也想过来见您。

你们可真忙啊。安娜感叹。在加拿大，工作时间之外可以拒绝接受任何公务。但是真的很寂寞，人的活动范围更多的是在家庭内部，极少体会到与别人交往的快乐。轮椅上的安娜一头白发，宝蓝色披肩围在身上，像一朵枝叶纷繁的"鳞托菊"。

安娜让贺子航陪着逛了整整三天，轮椅的车辙碾遍当年的大街小巷。安娜就像个孩子，情绪时时被回放的记忆点燃，她有时滔滔不绝，向贺子航介绍当年的建筑，或者某件史实，有时又凝神沉默，陷落进细密的往事里。那些街道有的已经被大厦占据了，贺子航日日从旁边路过从没什么发现，而安娜居然能够凭借记忆找到当年的标识。

三天来，安娜从没有提到贺哲，而贺子航却能清晰地感觉到贺哲就在他与安娜之间，安娜更多时其实是在与贺哲对话。

贺哲是他的叔叔，若干年前，贺哲的大哥他的生身之父，将他领进泡桐叶刚刚丰满的小院那天起，他就开始改口叫贺哲"爹爹"。"爹爹"贺哲一生未婚，父亲说很多年前一个女人被迫离开他去了国外。好像和时局有关，具体原因不详。

现在，贺哲躺在千里之外一个乡野小村的土地里，日日默守他的空寂，贺子航相信，贺哲一个人静静地听风弄月时，仍在隐隐的遗憾里怀念着这个叫安娜的女人吧。

最后这晚，贺子航带安娜去邻县看焰火。安娜很开心，说她在加拿大时，日日最想念的是那烟花在天空刹那间绽放的绚烂，而加拿大的夜空是日复一日锋利的纯净，日复一日冷冰冰结着霜花的蔚蓝，在那里，天空和上帝高高在上遥不可及。

可是，您为什么不早早回来呢？贺子航不解，又有些为贺哲抱屈怪罪。

安娜笑笑，捶捶自己无知觉的腿，不语。

大规模拆迁还没有延及邻县，仍保持着农村"过会"热辣辣的气氛。贺子航说，您运气真好，前几天我们来这里调研所以知道要放焰火。

天色还不及黑透，已经有爆炸声迫不及待冲向天空，随后在那紧接的闷响中，一朵银花在高空敞亮地散开，硕大的花瓣无限可能地延展中绽放，那亮度像多年前恋人回望的眼神，夺人心魄的晶莹。之后，又有更多的眼神眨亮这个夜空，黄色、红色、蓝色、七彩斑斓，天空开始像一个狂放的魔术场，令人目不暇接地变幻。太美了。安娜女士赞叹，眼里流出泪水。

她坐在轮椅里，半边肩头瘫软地靠着贺子航。太美了。她拉起贺子航的手，捂在自己的额头，大声抽泣。

安娜的机票是提前订好的，贺子航恋恋不舍："要不您不要走了。"安娜笑笑摇摇头。临走前，她褪下腕上一只白玉镯，交到贺子航手里，托他埋进贺哲坟前，"权当我陪在他身边吧"。贺子航点头称好。

安娜走后贺子航继续下乡，中间回过一次家却没有碰到"阿媛"。"工作"将他们隔成咫尺天涯。他一直想给"阿媛"讲安娜女士与贺哲的故事。

六天后，加拿大方向打来电话，一个瓮声瓮气的声音告诉贺子航，安娜女士于今早九时三十六分，在疗养院去世，走时面色安详。

贺子航颓然放下电话，走到床边，从抽屉里拿出那只玉镯。玉镯发散着月光般静谧的光晕，像安娜走前交到他手上时一样，只是安娜女士留下的温度已然淡去。

有什么东西湿漉漉地爬上贺子航的脸庞，他吻了吻玉镯，重新拿起电话，拨了一个号码，在信号接通那一刻，他大声向对方喊："阿媛，我会好好爱你一辈子！"

灰灰的鸽子

邂逅爱丽丝

爱丽丝回来得很漂亮。谁也想不到她经过岁月的淘洗，游历了大半个世界后，又出人意料地杀了个回马枪，直奔她古老的故乡。那片土地，许多人以为是她此生最想忘掉的地方。

爱丽丝还是那么美。面对她你不能不赞叹。时光是伟大的雕刻师，任何经不起推敲的都会被它无情剔除，保留下来的，必定材质是像水晶般坚硬的东西。四十六岁的爱丽丝精心保养的肌肤丰润、白皙，浑身浸透着一股优雅的大家之气。接待中心的小马私下偷偷说：到底见过世面，果然气度不凡。

追溯到三十年前，没人会把爱丽丝和现在的她联系到一起。她那时候真年轻啊，十六岁，花儿一般的季节，开得恣肆昂扬又烂漫天真。作为省队花样滑冰最年轻的队员，她已经数度在各种赛事折桂。爱丽丝名气很大，省里参加赛事，她必是当家红旦，重磅武器。这种被全面看好的状况一直持续到她一场比赛归来。

那场比赛后爱丽丝就不爱理人了，训练之外她总是郁郁地独自闷着，有时数小时不见踪影。有一天，队友无意中看到爱丽丝坐在体育馆一处偏僻的短墙上，面朝对面芦苇丛生的空湖发呆，她还穿着练功服，外面披仅着一件紫色短外套。黄昏的斜阳在西方泛着微醉的酡红，打在她那件紫外套上，像是她的身体燃着暗暗的黑火。说不出的诡异。

队员愣了半天，最终没去惊动她。大家都知道她心情不好。还是和赛事有关，爱丽丝失利了，稳稳的第一名竟被同队新队友阿媛夺去。阿媛夺去的不只是金牌，还有教练频频惊喜的眼光和队友羡慕的表情。队里每年总会进几张新面孔，又退出几张旧面孔，新旧交替有时很频繁。体育是项需要有吃苦精神的运动，同时更需要天赋。有的人一出生就败了。教练常这么感慨。

队里每次比赛屡有斩获，是因为有爱丽丝的阿克谢尔跳。这个准备动作完成右后外刃弧线滑行，左前外刃起跳后，需要在空中转体五百四十度，然后落冰用刃。以前全队唯一能做好阿克谢尔跳的只有爱丽丝。现在有了阿媛。阿媛不知从哪里冒出来的，她竟然也能把阿克谢尔跳做得很好，同时还把阿拉贝斯运用得炉火纯青。阿拉贝斯是一种舞蹈动作的名称，用阿拉贝斯姿势在冰上滑行是一种很优美的动作，而且会增加表演的效果和艺术感染力。教练赞叹不止，说阿媛是个天才，并专门从外面请来舞蹈老师给她开小灶。

自从阿媛进队，爱丽丝连续几次训练竟发挥失常。教练的呵斥让她满心委屈。她暗暗较劲儿，要在那场比赛中扳回局面。结果终是败北。

比赛回来后，爱丽丝时常感到饥饿。为了保持滑行速度与水准，队员是被控制饮食的，即使没有要求，为了争取成功她们也知道克制。但爱丽丝无法忍受那种空荡。好像有一只疯狂的手，从身体内部撕扯着，时刻要扑出来攫取食物。半夜她常常在冒着酸水的嗝逆中惊醒，胃里像着了火的熔炉。

她好像嘟囔了一下，没人听清她说了什么，随后，有人发现爱丽丝在偷吃零食。

这事惊动了教练，他严厉地盯着爱丽丝。

"有的人成为佼佼者，那是因为刻苦加运气，没有轻易的成功，如果连一点挫折都经受不起，那这个人必是废物。"教练加重语气，"废物是不值得可怜的。"

爱丽丝摇晃了两下，低头不语。

许多年以后，这名教练已经是背驼腰弓两鬓斑白，他仍在后悔当初那些

灰灰的鸽子

话。他是恨铁不成钢,希望一顿有力度的狠批能警醒爱丽丝——这个他曾很看好的弟子,但他没有预测到那番话会对一个正值心理转变期的女孩子产生什么样的影响。

爱丽丝是在某天下午突然爆发的。训练休息时,阿媛和几位队友站在一起聊天,娇小的阿媛不时发出开心的笑声。也许是那笑声刺激了爱丽丝,她阴郁地侧目倾听。没有人注意到她什么时候出去的,回来时她手里拎着一个桶,满满一桶水散发着冬天的寒气。大家不由得住了声,不明白爱丽丝要做什么。

在全体队员的注视下,爱丽丝走到阿媛面前,连桶带水扔向阿媛,并扑过去揪住阿媛的头发,扇了阿媛几个响亮的耳光。这一切都在众目睽睽之下,所有的人都没有反应过来,包括被打者——阿媛。阿媛惊恐又迷惑地呆立当场,随后放声大哭。

那一周体校闹得沸沸扬扬。走了三个人,一个是打人者,爱丽丝,她连一分钟也没有耽搁,被父母送出了国,听说走前接受过一阵心理治疗。一个是被打者,阿媛,阿媛一进训练场就打哆嗦,再无法实现她的梦想。那年阿媛只有十二岁。第三个离开的人是教练。他无法接受一夕之间失去两个天才。

今天,爱丽丝坐在宴会厅的主位,作为投资方,她理应坐在那里。她以前是不叫爱丽丝的。我知道,因为我曾经叫作阿媛。在寂静无人的夜里,当我无意识地舒展四肢,做着在冰面滑翔的梦时,我才记起我是阿媛。

三十年光阴如斧,三十年谁都要经受疼痛地镂刻与磨砺。三十年,每个人过得都不容易。我已经学会不再痛恨任何人了。敬酒时,我与爱丽丝两人从容碰杯,彬彬有礼地微笑,好像从未有过相识。之后,相互转身,把往事留在身后。

>>>>> *PART 3*
记忆之漂

　　橙色的啤酒在透明玻璃杯里晃来晃去，把我的眼都晃晕了。均匀的小泡沫像花儿，一朵朵从杯底开放，又一朵朵在边沿处碎裂。我也要碎裂了，在碎裂前我绞尽脑汁追寻冻土之下的记忆：

　　李小波是谁？

　　李小莉又是谁？

左拉之城

在六条河流与三座山脉的那边就是左拉，一座你只要看上一眼就会终生难忘的城市。

——《看不见的城市》

我的同学沈明突然打来电话，约我周末带家人务必到山间别墅一叙。

毕业后我们各自被生活追赶得四处乱跑，沈明和其他人有很多年未见了。隐约听人说，沈明运气不错，早几年股市疯涨时投资基金，狠赚之后抽出资金另做实业，数年前便已身价过亿。还听说他已移居南方，没想到现在又杀回老家。

要找到沈明的别墅并不难，夏天我曾去过，那里山山相连，山山相套，道路却只有一条。妻在后座琢磨："听你讲，这个沈明上学时沉默寡言，人却精明，我觉得他找你叙旧，肯定有什么企图。"

"喂，什么时候这么庸俗，怎么这样想人家？"我反驳。

"如果没其他目的，也是为了显摆，如果我挣了几个亿，也会时不时找旧日同窗聚会，有钱有闲享受生活。"

我无可奈何白一眼。几周前她通过威逼利诱，大三的儿子终于同意考雅思，她是成功了，可马上又为儿子的出国费用发愁，所以最近出言总是极为刻薄，念她孝母心肠，我不与她计较。

车轮滚滚，山间景色秀丽奇峻，不过看得久了也就心生乏味。两小时的车程居然还没有到沈明的别墅。

"再走就到山西境内了，这个沈明，大老远回来，莫非要在深山里当神仙？"妻有些不耐烦，怂恿我打电话。

电话接通后，我把妻的抱怨复述给他，沈明对我哈哈大笑。他说其实已经到了。

我没想到，整座山都是沈明的。见面后他告诉我们，他将购买山区的使用权，正在和当地政府谈意向。

"你要这座山干吗？当度假村也太远了吧。"妻惊讶地喊。

"当初我也不知道用来干吗，也许是因为喜欢这里山明水静。"

"真是奢侈。"妻酸溜溜低语，这让我很没面子。

"我想在这里建一个理想国。"沈明引我们走上一块青石。"山南有一片村子，老区，我不想破坏它的原貌，想在那附近建一个生物制药厂，啊，老同学，你去过南街村吗？"

妻插口："没去过，但我看过李佩甫的《羊的门》。"

"嗯，就是那种模式，以厂养村，以村养山，共产主义模式。"

"哦。"我应了声，"只要有资金，没有问题，先祝贺你。"

"呵，不过我请你来可不是听这些，真是有事相求。"妻在这里用力瞟我一眼。

"我想请你这个大设计师帮我设计房子。"沈明递来一本书，是卡尔维诺的《看不见的城市》。

我大惑不解。这本书由张宓翻译，连续七次再版，与房子有什么相关？

妻子接过去，中文系毕业的她尽管工作后转行做了建筑，却对读书始终痴爱有加，猛然她大叫："我明白了，你要将这座山建成你的城。"

"错，不是城，是屋子，许多许多屋子。"沈明得遇知音似的兴奋起来。

"屋子与屋子不同，沈明你这是在玩钱。"妻继续叫。

"又错，钱多了就是数，人类最终目标是物质要为精神服务。"

我若有所悟,慢悠悠道:"沈明,你没毛病吧。"

"当然没有,干不干。"

"有钱赚就好,干了你是疯子,不干我是疯子。"

沈明正等我这句话,一拳打来:"人生难得是轻狂,从第一眼看到这本书我就被迷住了,你信吗?这么多年,我为了保持这本书始终是崭新的,一共买过一百本。"沈明深吸了口大山的清新空气,"我要在这里实现梦想,让看不见的城市看得见。我勘察过了,建筑材料有些可以就地取材,建造得精巧些,到时送你一套。"

"哇,真的?"妻高叫起来。

我转过头,让山风清醒我的头脑。

"老同学,你有什么顾虑?"

"我觉得你还是再考虑考虑。毕竟这是一项大的投资。有关政策条文你熟悉吗?尽管我不是学法律的,但我知道山林的使用权并不是终身的。"

"其实,翻过几座山,已经有人这么做了,我的主意并不是独创。有时候,我们真的不能只为了钱而活,是不是?"

我默默不语。

临走沈明将那本《看不见的城市》送给我:"你一定能做出最合我意的设计。"

"为什么这么自信?因为我是你的同学?"

"不只。"沈明诡秘地凑耳,"因为上学时,你曾偷过我一本《看不见的城市》。"

"啊。"轮到我惊呼。

"哈,你以为我不知道,其实我早知道了,你每晚拉上遮帘悄悄读,你回忆下,大学四年,宿舍里是不是只有你拉过遮帘?"

我无言以对:"真是惭愧。当年我一直想承认,可看你一副土财主似的爱书如命,任谁不借,偷读本打算还,结果掉进水里皱皮了,所以不敢声张。"

"同道中人,相信你,干吧,老同学。"

"那么，你打算将你的理想国起什么名字呢？好比一篇作品，总要有个总的名字，'看得见的城市'吗？"

"当然不，就叫'左拉之城'吧，我最喜欢的。"

"可是，那篇关于'城市与记忆'是不是太伤感？"

"是，回忆总让人伤感，自从我的妻儿父母飞机失事后，我除了回忆什么也没有了。"沈明叹息。

从后视镜里，我目送着沈明被我们甩下。有理想总是好的，一个人独自活在世上太累太苦，理想是思想里的天堂。

一向凡事爱发表意见的妻安安静静，她坐在颠簸的山路上读那篇文字：

"……但是，我要登程走访左拉却是徒劳的：为了让人更容易记住，左拉被迫永远静止不变，于是就萧条了，崩溃了，消失了。大地已经把她忘却了。"

我们能成吗？她问。

聚会

聚会进行到二十分钟，肖雅打来电舌："腰椎间盘突出，动不了了。"

"昨天不是还好好的吗？一起逛街采购什么的。"

"谁说不是呢，人有旦夕祸福，不说了，疼死人。"

"不是听说李剑要来吧……"

肖雅那头两秒停顿，粗嘎嘎发出笑声："老头老太太了，还开这种玩笑。"

"喂喂喂。"王茜再呼叫，肖雅那端没了声音。

"搞什么,到底是毕业十六年,第一次同学聚会嘛。"王茜冲电话嘟囔,却又无可奈何。半个月前就在筹备这场聚会了,哪知肖雅临门一脚退缩了。

王茜抬眼瞥向一旁的李剑,李剑尴尬地笑笑:"你这家伙还和当年一样,和我有什么关系,也许真不方便,不如改天一起去看看。"

"谁不方便?怎么个不方便?有什么不方便?该不是大情圣邀约,谁不方便吧。"刘明利冒出来,促狭地挤对李剑。

"是肖雅。"李剑连忙解释,"肖雅腰椎间盘突出来不了了。"

"肖雅呀,肖雅这次可是大功臣,怎么就突出了呢?这年头,千万不能高,不能突出,一突出就麻烦大了。"刘明利是他们这批人官位最高的,一出校门就入了机关,这些年仕途一帆风顺,已经处级了。这官场混久了嘴巴就油,大有悬瀑直下的滔滔之势。李剑笑笑应和。

分别数十载,一帮同学变化很大,莽撞少年们成熟了,外向的也内敛了,毛丫头如今个个脂肥玉润,在岁月的淘洗下应对自如进退从容,风韵翩翩。

只可惜没见到肖雅。李剑惋惜。当年他与肖雅好过,毕业后不了了之,时间相隔太久,想不起谁负谁,肖雅是他最美好的初恋。往事经不起回忆,美好是因为甜蜜,伤感总是因为甜蜜太短暂。他拿不定主意回头要不要看看肖雅。

刘明利又在闹了,蹿到对面和王茜她们攀酒。李剑思忖一下,开始明白是因为餐桌排的座位让刘明利不爽。王茜毕竟是女同志,对这种心理不很敏感,她还是按当年毕业前最后一次聚会位次排桌,而且很细心地打着桌牌。李剑心里叹气,当日都是人人平等的纯真少年,没有阶级只有年龄,现在今非昔比,王茜这次怕是用力不讨好了。

老大去年肝病不在了,老二远在加拿大没有回来,他是老三又是当年的班长,顺理成章坐在主位。他咳了下,公布肖雅不能前来参加的消息,提议大家遥祝肖雅早日康复,一桌人哄然举杯。

他再举杯,提议第二杯敬王茜,此次聚会所有费用是王茜同学出资,明日豪艇出海请大家吃海鲜。

王茜远远投来感激眼神，刘明利刚才闹了她六杯酒，还不罢休，她心里多少有些气恼。这些年她一人独挑天下，做到批发商中的大姐大，凭的是真本事，虽然她脸粗糙了，手掌有了老茧，身材走了形，可她看得起自己。这个刘明利太不给面子，上学时挺害羞的样子啊。

"第三杯。"李剑郑重端起，"敬先走一步的老大，祝老大在天堂里快乐，也祝诸位同学身体健康，长命百岁。"两桌人默默将酒倾倒在地。

"哎呀。不可以的，不可以的。"包间服务员惊叫起来，慌慌张张跑了出去，二十号人莫名其妙。一分钟后，酒店经理脸色难看地跑了过来，在屋里转了一圈。李剑暗暗后悔考虑失周，这是家高档酒店，厚厚的羊毛地毯踏在上面软绵绵的悄无声息，刚刚心情激动，引导大家直接将酒倒在了上面。

他摆摆手，招呼王茜继续敬酒，起身咳了一声，暗示经理。经理果然久经世面，亦步亦趋跟了出来。他们谈了几句，经理连连点头。

处理完这件事，推门欲进时，李剑听到又是刘明利张扬的笑声，这笑没有指向和用意，却尖锐地让他心里非常不舒服。他和刘明利不在一座城市，更不在一个系统，上学也没有过节，可今天见到，刘明利身上某种东西刺目的分明。这种不对劲儿不是因为冒犯，说不清道不明，他没看出来其他人有何反应，但他从心里对刘明利不想看，不想听。无处不在的反感。他是不是坏了？

他悄悄离开门，走进安全通道，那里有扇窗，开着。

夜色融融，五月的闲风迎面而来，空气中是零零碎碎的清淡花香。他伸头张望，原来窗外是一片花坛，挡住了外面的鼎沸喧嚣，高高低低的应该是浓密的月季丛。月季是他们的市花。他不由得回忆起上学时的肖雅，曾经有人称肖雅"人淡如菊"，是校花。

如今，人事全非，肖雅还是以前娴静、脱俗的肖雅吗？

微童话

姑姑过世了，我匆匆结束与同伴阿馨漫无目的的旅行，以最快时间赶回。

姑姑走时很平静，侧卧在惯常读书的床头，右臂弯曲搭在腹部，手里还拿着半个苹果。家里人都知道，她有睡前读书吃水果的习惯。入殓时，姑姑面目含笑，死活不肯张开嘴，让人们将她口中咬下的苹果取出。

姑姑比我大十岁，但姑姑会魔法，是逃出时间算计的精怪，她在我三十五岁这年，逆转年轮，变得比我还要年轻。我对年长的"妹妹"无可奈何，正像对此时此刻一样无可奈何。我站在人群里望着她，眼巴巴看着得了逞的黑袍死神围绕她飞舞，忍不住放声大哭。

殡仪馆内人来人往，不停有人进来鞠躬，参观死者以及生者。这是我所经历的家人中第一桩丧事，以前也参加过其他人的葬礼，但从没发现这事热闹得这么无聊。我们鞠躬，我们握手，我们对悲戚的同情点头表示收到。

我瞥见姑姑嘴角掀起一丝嘲弄。

那个男人来了，带着一枝白菊花，垂丝般的菊瓣上挂着一粒粒水珠。屋内外沉静下来，侧目相视，故作姿态，却自动为他让开一条通道。

那男人迟滞的脚步将自己拖向灵台，双手放下白菊花。我以为他会流泪，甚至哭出声，但没有。这个男人面色平静，像拜祭一个普通人：一鞠躬，二鞠躬，三鞠躬。礼毕，随后转身头也不回地走了。

没有人为他唱礼，负责迎宾的父亲从他进门就一直低头揩自己的鼻涕。左一下，右一下。

我呆了呆，本不想转头去看姑姑，可姑姑的亡灵急不可待飘向我眼前。她又是皱眉又是嘟嘴，挥舞着透明的手臂威胁。我对这张只有我能看到的脸无可奈何，我和姑姑很相似，如果照镜子，我们也会疑惑究竟谁是谁。我无法自己拒绝自己。

我听从姑姑催促，追赶出去，在殡仪馆大门外拦住那个男人。他站住，回望着我。

从二十几岁开始，我就对眼前这张面孔深恶痛绝，这是我们家庭的噩梦与耻辱。现在，我第一次正式面对，挑衅地打量它，评判它，十几秒，十几分钟，或者十几年，随后我慢慢松懈下来。这张脸，端正俊雅干干净净，像死掉的人一样安静，眉心灰败没有光泽，这个人分明已经被悲伤摧毁。这样一张脸，谁看到也会心软。

我将手心紧握的小包递给他，生硬地说："我以为你不会来。"

"她知道我一定会来。"那男人花干似的笑了，那是冰雪中一朵颤抖的小雏菊。

我赌气扭头离开他，很沮丧，被人打败的感觉，而帮助这男人胜利的，居然是因他而终身未嫁的我亲爱的姑姑。

"现在，我受你所托，将你们的定情信物还给了他，你可以放心了吧。"

"很多年前你就筹谋你的葬礼，一心一意，纯洁无瑕地想象，现在这天终于来了，你可满意？"

"你来人世一趟，如此任性结束，是守住了最完美的童话，还是根本制造了一个笑话？"

我边走，边大声质问。没有人回答。

我远比姑姑的父亲、母亲、兄长，也就是我的祖父、祖母、我的父亲，更清楚姑姑的爱情。

那不过是个老故事的开头：相逢恨晚。具体过程被姑姑渲染得如诗如画,如痴如醉。她一头长发从那年起,再没有剪过。每年她都在生日那天收到一只昂贵的发卡,美美地戴上一整年,然后等待换成新的。

偶尔她将发卡摆满一床,吟诗,吟"一寸相思一寸灰",吟"衣带渐宽终不悔",吟到不知不觉一脸泪水。姑姑哭时从不避人,触动心事便痴痴呆呆,起先家里人还劝,后来再没人敢说话。

姑姑从没给我看过他们的定情信物,只说这东西等她不在后,一定要转交他。我曾猜测,不久就厌倦了,这件不祥物一定是潘多拉的礼物,正常的女人不该收下,更不该当作生命一样永久保存。

"姑姑。"我仰头大喊,"值得吗?"

"值得吗?"

"值得吗?"

"值得吗?"

空旷的殡仪馆回声阵阵,惊起忍冬丛上停留的一群麻雀,呼啦四散高飞走了。

有几只飞上天,排成队形盘旋一阵,衔起什么放在屋顶,啊,是姑姑,透明的姑姑,轻盈的姑姑,她此时已换上宽大的婚纱,手持那朵淌着水珠的白色鳞托菊,对着远方痴痴相望。

那远眺的神情既古典又与世界格格不入,像被困在高塔,日日苦守窗口,等待心中王子的公主。

那王子来了,却不是你的。

"姑姑。"我喃喃低问,"真的值得吗?"

雾行

前方"奔驰"尾灯一闪一闪,像不断抛来的媚眼。我们咬紧它,像网住一条大鱼似的毫不放松,不给它溜走的机会。

北方的冬天翻脸很快,大雾说来就来。早晨退房时,听说高速封了,没办法,我们只有走下边。其实真正着急的是阿馨,她才是司机,方向盘归她管,我顶多算不会开车的副驾。

"阿宁。我们怎么办?"

"听预报明天有雪,万一困在这里可就麻烦了。"我厌了一个地方就一刻也不想留,再说已经到此地两天,继续打扰当地朋友也实在不好意思,有句古话说:客留三天臭。还有古话说:客走主人安。我们还是接着信马由缰的旅行好。

这话不好直说,免得朋友多心伤感情,这两天当我们是上宾供奉着,引路四处参观,热情似火。几次细节上的妥帖,让我印象深刻,忍不住悄悄向阿馨伸大拇指,赞她交友有眼光。

阿馨不说话,只抿嘴笑,我赞她的朋友相当于当面夸她。一个月前我们临时起意约伴旅行,这里是我们的第二站。我们策划下半生只要有时间就出来,随意行走,她画她的画,我写我的字。远路坐车,近路开车,这次我们出来没打算走太远,就开车,只没料到天会下雾,而且来得这么猛烈。

我从没见过这样的雾:白团团,扑面而来,眨眼即至。

大雾瞬间就将公路包围了,看不见路基,看不见地面,看不见路两侧的标志。整个车体像悬浮于迷天幻境,连自己都像是虚无的。我刚叹了声多么的诗情画意,就被阿馨的脸色吓住了。

她的脸色太难看了,遇上妖怪似的惊惧不安,上身僵直在座位里,犹如被施了定身法。我喊她不应,轻轻推了推的胳膊,她紧张地问:"怎么了?怎么了?"

"你,"我犹疑地问,"你没事吧。"我不会开车,不能体会她的感觉,但她的表情吓住了我。

"雾,我从没在这么大的雾里开过车。"阿馨凝重地回答。

"很厉害?很严重?"

"要多厉害就多厉害,要多严重就多严重。"

"哦。"

"你这家伙,雾天开车危险,你不知道吗?"阿馨沉痛瞄来一眼。

"你开车,我放心。"

"你放心,我可不放心。回去你一定要学开车啊。"阿馨哀叹遇人不淑。我嘿嘿笑,良心上开始为自己不会开车有些微惭愧。

前方"奔驰"车身拐上一条小路,那里肯定不是通往我们的目的地。导航报告,直行,一直直行,大约要半小时以后再左转。

阿馨怪叫,没有引路的了。刚落声,后面一辆"现代"超了上来,不远不近跑在我们前方。太好了。我与阿馨如见救星。急忙跟上。

"现代"的两块尾灯闪啊闪,像美人鱼多情的大眼睛。我们只当游弋在无边无际情况不明的大海,不敢过多偏离,生怕不小心撞上礁石。

大海啊大海,白浪翻滚的大海,北方平原特殊生产的大海,你是大地深处的王,穿越千古的行者,无所畏惧只会使人闻之色变的恶魔,你平生最大的对头是"太阳",而此时它被你困在冰渊地窖。

我小心翼翼不让突发的念头说出口,担心阿馨又责怪我不会开车。

突然阿馨手机响了,优雅的"梁祝"这会儿听来特别刺耳。

"阿宁你接,问是谁。"

"喂,您好。"

"阿馨老师,阿馨教授,哈哈哈。"对方好像是刚刚告别的朋友。

"不是不是不是,阿馨在开车不方便听电话,有什么事吗? 或者等她有空回电话,或者方便我转告的话,我来转告。"

"阿宁啊,哈,你问阿馨,后悔上路没?"

"没有,有人给我们带路呢。"阿馨趾高气扬大声说。

"嘴硬。"对方又是一阵嬉笑,"跨上雾大,你们又不肯留下,不过不用担心,已经和沿路朋友联系过了,有人会为你们带路,直到上去国道。"

"啊?"我们面面相觑。

前方"现代"像是呼应通话,闪了几下大灯。

"谢谢。"我和阿馨异口同声。

雾气似乎淡了,不再那么让人压抑。前方闪烁的"眼睛"也变成一只只热情关切的手,手拉手,将我们带出惺惑的迷雾。

这段路途始终有车接应,前车刚刚消失不见,紧接另外一辆就替补上来。我数了数,直到雾散不影响视线,在我们前方共出现过九辆车。

好一场友谊车队。

姐妹

她不姓叶,不姓邺,而是姓夜,中文汉字简体总共八笔,她是行走在夜色陆地上的八足鱼,黑暗中窗里窗外进出的猫。有关夜的记忆她总是很清晰,要不清晰真难，对她来讲，夜与某种痛楚相连，而痛楚却是人体感官唯一的真实。痛得厉害时她就出去逛，比如像今天，逛到了市区的公园湖畔。夜色下的湖畔，是人来人往的孤单，守着这份孤单总胜于什么也没有，尤其偶尔会出现一份惊喜打破这种孤单。今天意外碰到同事刘，还没容打完招呼，又有婆婆来到了身边，婆婆身边儿走着邻居张阿姨。

这一刻很尴尬，她满脸绯红，向婆婆介绍同事刘。婆婆瞥她一眼，严肃地向同事刘握手问好，临走不经意地向她说，昨天彭柏寄来点儿东西，明晚给她送去。

彭柏是她丈夫，在内地一座城市的办事处长驻。她去过那里，那天正是满城乱花飞雨时，栀子花盛开在街道两侧，像含羞又风情的摇曳女郎，空气中到处浮荡着清清爽爽淡雅的花香，无孔不入，丝丝入密，街道是香的，房间是香的，连人也是香的，外来物没浸透这种花香，就显得有些格格不入，有些俗，所以那次没待几天她便匆匆离去，几乎可以说是落荒而逃。她的丈夫彭柏也没多加挽留。

第二天婆婆如约而至，八点二十分来到楼下，手里拎着两个袋子，袋子里鼓鼓囊囊，放到茶几上时，发出"咔"地闷响。

婆婆端坐在沙发上，咂着茶沉默着。小夜耐不住压抑，抢先解释昨日和同事刘是凑巧碰到的，婆婆像是没听到依旧咂着她的茶。当小夜开始气馁自己越描越黑时，婆婆放下杯子开始解袋子，一堆东西哗啦涌了出来，四散着溅到桌面上。

"这是小柏'抓周'时抓的锁片。"婆婆捡出一把小小的银锁儿，指肚爱怜地摩擦有些泛黄的表面，"当时正是大夏天，小柏光溜溜儿地在床上满世界爬，摆的东西都摸遍了，他就是一个也不拿起来，我们都要代他着急时他高高兴兴举起了这个。"婆婆嘴角露出回忆的笑意。小夜可以想象当时一屋子人宝贝地围着床上那个小孩子，尤其是婆婆和几年前去世的公公，年轻的眼睛里如何绽着希望。

"这是小柏小时候玩的几件玩具。"小夜望去，有一个陀螺，因为早年被人无数次地摸索,现在仍是油黑发亮,还有一本破损的漫画书,小时候她也有一本儿,还有一个寸把长,灰头土脸的玩具熊,想到小彭柏手里曾握着这只小熊,爱不释手地研究,小夜心里有一根柔软的弦被拨动了。

"这是小柏上幼儿园得的第一个奖。"婆婆小心翼翼打开一张折叠的纸。"这张画粘在幼儿园展示板里,整整挂了一个月。"婆婆解释,"他们班是小班,其他孩子有的还没适应幼儿园生活呢,就他一个人画了出来并挂在那里,老师为此给了他一朵小红花。"

"小柏一向很优秀。"小夜黯然喟叹。

"这是小柏小学、初中、高中时得的。"婆婆从袋子底抽出几摞厚厚的塑料档案袋,奖状、证书仔细地装在里面。婆婆打开,向里望望,却没有掏出来,年代久远的书报味儿散将出来,淡淡地弥散向房间各个角落,似乎要通过时空障碍,与房间主人的气息遥遥呼应。

只是那个"主人"有多久没有回来过了。小夜的眼眶有些发红,她借口打水立起身。

等她回来,婆婆面前又摆出几样东西,婆婆在发愣,呆呆地望着眼前,小夜坐在一边不打扰她的回忆。

人是懒怠的动物,有些过去以为忘记了,等到哪天突然又自己泛滥起来,挡也挡不住。小夜陪在婆婆身边,守着婆婆带来的那堆"历史",有关彭柏的记忆从四面八方宣泄而出,她与他的相识、交往,过去、现在,整个悲悲喜喜的过程一一从眼前流过。好久之后,她发现自己已经泪流满面。

"孩子,别难过了。"一张纸巾递了过来,婆婆伤感地盯着她。

"您都知道了?"小夜有些心虚,慌忙擦了擦眼睛。

"以前不肯定,小柏这几年很少回来,我问过,他说我瞎操心,你也不告诉我。"

小夜起身从屋里拿了一个绿封皮的折子,沉重地放在婆婆面前。

"他不让我告诉你,并力所能及地照顾你,这是我们离婚协议里定的。其他一切如旧。"小夜打量下这个空房子苦笑连连。

"他就这么抛弃了你？"婆婆老泪纵横，"也抛弃了我这个老太婆啊。"

小夜顾不上自己难过，手忙脚乱地安慰着婆婆："您别难过，彭柏瞒着不是怕您不高兴嘛，还要我抽时间照顾您呢。"

"不一样啊。"婆婆一把搂住小夜，"苦了你了，孩子。"小夜也抱着婆婆失声痛哭，两个敌对若干年的女人因为同一个男人，在这一刻成了血肉相连的姐妹。

这一夜婆婆没有走，两个单身女人聊了很久，今天的夜有了暖色，看得到窗外的星星，一颗两颗很多颗，安静地排列在一起。

疤痕

和谁结伴失踪不好，偏偏和她一起失踪。洛丽恨恨地想。

洛丽只记得那女人顶着一头乱蓬蓬的长发，金黄色，在小酒店灯线下，散发着暧昧不明热气腾腾的诱惑。起起伏伏，是萱软的干草垛，是麦秸堆让人昏沉沉的土腥气，是长着一双湿漉漉大眼睛的母牛。那母牛毛烘烘的眼神是无限宽容的收纳和千依百顺的顺从。

洛丽当时心里就打了个突儿。这女人的相貌像极很多年前拐走她前男友的对手，即便已经和老张结婚这么久，那层失败的阴云仍然时时飘过洛丽的心头。和这样的女人同事，是任何妻子的不安。老张随地质队出去已经整整三天，昨天晚上就应该回来的。

洛丽不是随队家属，她带着儿子来探亲。地质队的基地安置在南方这方丛林边缘的小镇。洛丽是在接风宴上见到那个女人的。那个女人离老张很近，谈笑风生，把小酒店逼厌的空间都映亮了。

留队的副队长安慰洛丽，说队员们到点儿不归很正常，有时候刚要派人寻找，人已经到家了。

可为什么联系不上呢？你们的通信设备呢？洛丽心里荡着那个女人的长发，语气不由很冲。

副队长理解是对老张的牵挂。他尧挠头皮，可能是没电了吧。看来这个年轻人没多少经验。他也受了感染，望着洛丽，迟疑地说，那，这就派人去搜搜吧。

洛丽转身离去，她心里膨胀着怒火。这鬼地方白天还是个镇子，正是香蕉树收获的季节，宽大的绿叶婆娑，风来，摇摇曳曳，一串串绿香蕉沉甸甸倒垂在树上，很有南国风情。只是到晚上太可怕了，稀奇古怪的声音四响而起，屋子好像被不明物包围了，叽叽喳喳，呜呜隆隆，充斥在四面八方。洛丽搂住儿子整夜不敢安睡。

儿子状态却好得很。他迅速适应了南方这片水土，当天下午就和镇上的孩子们玩到了一起。像终于得以释放的囚犯，天天泡在外面。

洛丽想管，管不住。难道把儿子空锁在屋子里，与外面炽烈奔放的阳光隔绝吗？唉，算了。失眠的困乏让洛丽打不起精神。阳光很好，儿子很好，丈夫很好，只有她不好。这鬼地方。洛丽伏在床铺悄悄渗出一些眼泪。

天快要黑了。洛丽在晚饭后碰到副队长，副队长咧开被槟榔染色的牙齿，冲她笑了笑。没事，嫂子，已经派人去了。老张他们那个小组去的地方不很远，他们迟归可能是有所发现。理解，理解万岁。

副队长腼腆地笑着，洛丽无法，也抬脸提起一个笑容。

丈夫没有回来，儿子也没回来。洛丽四处寻找不到，有些气急。街上熟识不熟识的人和她打着招呼，有些是地质队的成员，有些是家属。在这个远离都市的基地，地质队无异是一个小小的部落。

小坏蛋，看找到你怎么收拾你。从彬彬有礼的目光中穿过，洛丽忍不住咬牙嘟囔。

小坏蛋被堵在屋子里,被堵在里面的还有几个更小一些的小孩。他们呆愣愣望着门口那个女孩。女孩粗壮的身子挤在门边儿,左手叉腰,盛气凌人地看管着她的俘虏。

怎么回事?洛丽走过去。

女孩转过身来。洛丽倒抽一口冷气。这炎热的天气每个人都穿得很少,洛丽看得一清二楚,这女孩脸上以及胸脯受过很严重的烫伤。一片突起的粉色疤痕,与正常褐色皮肤接壤,泾渭分明,触目惊心。更让洛丽心惊的是,她分明从这年龄不大的女孩脸上看到另一双眼睛,另一张面孔:那张面孔的女人头上顶着一头乱蓬蓬的长发,金黄色,在小酒店灯线下,散发着暧昧不明热气腾腾的诱惑……

这分明就是那张让她如鲠在喉的面孔。

啊,那女孩儿右手还持着一根木棍!洛丽不容多想,心头的怒气压过惊惧,她冲上前,一把夺过女孩儿手里的棍子,冲小坏蛋们喊:快跑!

屋里的孩子们怔忡片刻,蜂拥而出,眨眼就跑得一干二净。

喂!从院外传来一声喝,那个有着母牛一样眼神的女人扑了进来,只是这会儿她更像母狼。你怎么欺负一个孩子。女人生气地指着她,像要把人撕碎活吃掉。

洛丽又急又窘,忙扔掉木棍:不是这样的,刚刚见她拿这个吓唬一些小孩子。

转眼,那女人像被洪水冲垮的堤坝,刚还恶狠狠的眼里流露出无可奈何的忧伤:大嫂,孩子没恶意。她爸和我都忙,没时间陪孩子,受了伤,没人愿意和她玩。孩子闷,想找人玩,不懂事……

女人搂住伤痕累累的女孩,宛如两棵可怜的小树。

洛丽感觉自己像踏在人家不幸的伤疤上,重重给了人家一脚。她仓皇逃离。

嗨,我回来了。老张一脸疲惫从屋里迎了出来。发现一处油脉,耽误了时间。

洛丽呜咽一声，一头扑了上去。

假期结束时，洛丽晒得黝黑。老张惊讶地说，阿丽，你现在差不多和队上的人一样了。

不好吗？

现在她和基地所有的孩子成了朋友，每天带着一帮孩子四处疯跑。

假期结束时，在家的地质队员全体送行，洛丽郑重地和"长头发"握手，赞美道：你的头发真漂亮。

咳，嫂子你不知有多麻烦，天生自来卷，一长就像个疯子，正痛苦着呢。"长头发"呵呵笑得毫无心机。谢谢嫂子带我的孩子玩，现在她开朗很多，已经吵着要复学了。

洛丽笑了，笑得很灿烂，很早前心上那块伤疤烟消云散。看看别人的痛，那点伤又算什么呢？还好老张不知她曾经想过什么。她在手腕套了一条红丝线，丝线上串了一把碧绿的小玉锁。没事时，洛丽常常抬起手臂在明亮的光线下打量，有时会想：这样晶莹剔透的玉锁，大概只有一把叫"信任"的钥匙才能打开吧。

记忆之漂

一个人只要正常总是有记忆的，那些往事就像立体相册，说不定什么时候就会给你来场豪华演出。我确信自己脑部关于记忆的神经还可以，但这会儿怎么努力也想不起眼前这个人是谁。

这个人自称叫"何君",五十二小时前他打来电话,亲昵又惊喜,说他终于找到了我。再三小时后,他站到我的办公桌前。我给他沏了杯茶,铁观音,安溪极品。

"老吴,你真行,瞧瞧这办公桌。""何君"啧啧叹着,中指关节"当当"磕了磕板台暗哑的磨砂桌面。

"咳,一般小公务员,有本事的都做企业去了,我们没本事的就在机关混个工资而已。"我谦虚地自嘲。

"咱初中三年,像你这么出息的真没几个,风水全被你们几个占了哟,哈哈哈。"何君朗笑,神态颇有几分自诩,我判断他应该也是把自己分在那"几个"里面。

"说说都有谁啊?"我试探着问。说实话,我依然没想起他是谁,却不好意思承认。

"李贝、刘佳、司玉海,乖乖,都开着几家大公司,尤其是李贝,这家伙生意做到了国外,身价数亿,瞧势头还要涨。"何君喝了口铁观音,纯正的琥珀汤色顺唇而下,"好茶。"他赞了一声。

我没想到那个司玉海竟然和我是同学,前年司氏集团来我市考察项目时我曾参与接待。那可是很有实力的集团。可我怎么一点儿也没印象和司玉海是同学呢?

"还记得不?当年咱们几个翘课去看电影,《黑楼孤魂》,第二天你和我说,夜里害怕不敢起床,硬是一泡尿憋到天亮。哈哈哈。那时候真好啊。"他感慨着又饮了一口茶。

"还记得校花小玲吗?全校男生的梦中情人,你给她写过情书,自己没胆,还托我转交。我们曾在一天晚上去她家,就是走走她回家的路,那天晚上的月光真清啊,清凉凉滋润的像水。还记得不?她呀,没考上大学,找了个什么人就嫁了,前两天见到她,珠圆玉润的,见到她我就想起你,想起当年的好时光,觉得无论如何也要找到你。"何君端起杯子慷慨地一饮而尽,之后将它重重蹾在桌子上。

我感动地接过杯子，重新为他续上水。

何君说他没别的事，儿子接手生意后挺顺溜，他就闲了下来，闲下来就追忆似水流年，想念旧日好友了。

我很惭愧，先前还曾疑惑他是借口找我办事的。看来我错了，真的是我的记忆出现了问题。他说的这些人在我的记忆里好像沉底的石头，任是怎么打捞也抓不住一个。

我努力回忆，望着眼前这个一表人才，腆着肚腩，微微有些谢顶的何君，听他继续回忆，继续闲聊。慢慢一个乎白的虚浅影子浮出水层，在我少年时代似乎确有那么个人一直陪在我身边。我更加努力让这张脸在记忆的河里跌跌撞撞地攀爬。

猛然，我一拍脑门，对，就是他，这个何君，他正是我从儿童过渡青年时的那个同伴！

我有些激动。我家离他家不远，许多中午就是在他家吃饭，他妈妈蒸的包子很好吃，皮薄馅大，咬一口，一股滚烫的热油就"滋"地喷了出来，烫得舌头火辣辣的疼，就这也舍不得放嘴。我娘说我那两年个子长得挺快，都是吃何家大包子吃起来的。

"走，我请你吃饭。"我一把扯上他。

我得感谢何君找回了我的早年记忆，这么些年了，似乎总是在一路奔走，无论是风天还是雨天，只管向前，人不回头。我以为自己是没有多少过去的人。

"还好吧？这些年？"酒是心引子，在酒店我再次举杯，动情地问，"阿姨还包得动包子吗？"

"不在好几年了。"何君已经有了反应，两侧颧骨往上一片褐色。

"唉。树欲静而风不止，子欲养而亲不待。"我和他碰碰杯，嘟噜嘟噜喝下了肚，"我娘前几年也不在了，让她们老姐俩做个伴儿吧。"

"刚见你时看你那眼神，还以为你不认识我呢。"

"哪儿能呢，刚开始是有点儿眼生，你不说有多少年没见面了，我家很早就搬走了，你又不是不知道。"

"你小子混得不错，瞧你滋润的，比我显年轻多了，我是一副沧桑，未老先衰啊，儿子跟着混出来了，我成了没用的人。"何君心事重重，不像先前在办公室时那样意气风发。

酒媒酒媒，酒果然是媒人，一时间我也忍不住唠叨起自己，把自己这些年的经历一股脑倒了出来，很简单，也不简单，无非是上大学，进机关，娶妻生子，晋职，应酬，等等。似一帆风顺，可在生活中总像缺少了点儿什么，是那种像润滑油一样的东西，总感觉自己像没有根似的，空，偶尔会怀念像水那样清洌洌月光的晚上。嗨，别以为我全忘了，那些记忆都打了包埋在冻土里，一直都在，只是位置模糊了，颜色变浅了，上面结的冰层越积越厚，没人提醒就想不起来。

我们边喝边说，又是笑又是哭，悲一阵喜一阵。我越来越确定这个人就是知道我当年尿过几次床的铁哥们儿。

酒酣面赤，记不清喝了多少啤酒，也记不清我们在这个酒店坐了多久。

突然何君一头歪向我，压低了嗓子，伤感又忧愁地对我说："其实我姓'李'，我一直叫'李小波'，是'李小莉'的二哥。"说完他趴在桌上呼呼睡去。

橙色的啤酒在透明玻璃杯里晃来晃去，把我的眼都晃晕了。均匀的小泡沫像花儿，一朵朵从杯底开放，又一朵朵在边沿处碎裂。我也要碎裂了，在碎裂前我绞尽脑汁追寻冻土之下的记忆：

李小波是谁？

李小莉又是谁？

接访手记

一大早儿被堵在单位是令人不快的。尤其是临近年关,作为综合部门办公室杂事更多,还要应付年终各项考核,这么七跑八颠的,副主任老刘是忙得焦头烂额。据市委办公厅一哥们儿透露,纪委组织一帮人正在下面明察暗访,带着隐蔽式摄像机。注意了。老刘点点头。可现在他被堵了。

堵他门儿的是一个老头儿,七十来岁,满头白发,超短,硬棱棱的,像倔强的野草密密匝匝开在褐色头顶。对这老头儿老刘可不陌生,近几年这老头儿可是机关里的常客,只要是工作日,一周总要来打几回交道。什么问题?上访。现在上访可是各级机关头等大事,尤其是市直机关,尤其逢年过节,轻易不敢马虎大意,有理没理都要先接了访再说。老刘负责信访,老头儿就找他。

要上访什么呀?

反映问题。

反映什么问题啊?

我受冤枉了,要平反。要组织上开证明,提高我的政治待遇。

老刘从记录本上抬起头,认真盘算对方的年龄:哪一年的事?

一九七九年。

老刘放下笔疑惑地重复:一九七九年?

接下来老头儿开始了他零零碎碎的讲述,当然还有后来无数次接触后的补充,老刘总算明白了其中的原委。这位老同志说,在"文革"后期沾了点儿冲击,莫名其妙戴了帽,在后来大批人员摘帽时,公布的名单里偏偏没有他的名字,问情况,有关人员说本来戴帽子的人里就没他。后来不了了之,又糊里糊涂退了休,怎么想这事怎么闹心,现在要求组织上给个正式平反的证明。其实事情比较简单,可物是人非,许多事情早不存在了,怎么处理啊?

任老刘怎么解释,老头儿就是不听,还挺能折腾,上访到市委、市政府,结果信访局打电话要老刘单位去领人。务必安抚。信访局说。

今天老头儿又来了。一进门儿先说楼道有烟头儿,大白天的走廊开着灯。老刘起身拿一次性杯子给老头倒了杯茶,在门口儿喊通讯员把烟头儿扫了,灯关了。平时老刘脾气挺和顺,今天心烦,声音就大了点儿,故意给老头儿听。

上来还是那些话。要平反,要证明,要带红头文件的证明。老刘哭笑不得,瞅瞅他这么大年纪,又实在说不出别的,真要让他闹起来,这面子真没法儿搁了。

正扯东扯西,几个人推开半扇门儿探头探脑,老头儿立马起身,冲人嚷嚷,做什么的,来机关有什么事? 找人? 找什么人? 有证件没? 把证件拿出来。走廊里逆光,老刘眨眨眼才认出这伙人里有在市委院儿里见过的。他慌了神儿,拉住老头儿往屋里摁,并歉意地向来人连连点头。来人没停就走了。

老刘终于耐不住,数落老头儿,您瞧瞧您都这么大年数了,天天往外跑就为了猴年马月的一点屁事? 有多少人当年受的冤屈不比您大? 现在还不是照样好好活着? 有孙子了吧,有空儿多陪陪孙子四处走走,享受享受天伦之乐,实在不行您溜溜鸟儿,打打太极拳,一个月两三千块钱的退休金,生活质量多好,可现在把时间全浪费在没必要、不可能的事情上,您说多不划算啊,再怎么说这也是一级机关,每天有处理不完的公务,您天天这么耗着实在是——老刘说不下去了,唉,这么大年龄了,说什么好啊。

老头儿默坐半晌,咂了一口已经凉下来的茶,起身走了,挪到门口向老刘呢喃一句:这么多年了,就上班这条路走着顺。

转过门时,老刘觉得老头儿的身子一下子老了很多。他没心劲再想,机关里的事多着呢,先向主任汇报刚才的事吧。

那伙儿人果然是明察暗访的,隔几天就在日报上通报一回,那天的报纸照例通报哪个哪个部门纪律松懈,人员缺岗,之后明确表扬老刘他们这个单位,机关卫生干净,门岗制度执行得好。主任说,得感谢上访的老头儿,好像姓谢。

谢是得谢他,可拿上访当上班谁也吃不消。老刘笑了。

说话就过了年,转眼就又到了夏天,大街上花红柳绿的处处透着安康吉祥。

机关调整处室,增加了个老干处,老刘出任处长。没想到接手后第一把火竟是给老谢写讣告。老谢一春天没买上访,没想到竟然走了。

老刘在落款处摁上局老干处红红的印章,望着讣告上老谢花白头发倔强的脸,一阵唏嘘。

合欢花开

七奶奶嫁过来那年,正是合欢花盛开时节,村口那棵合欢树彤云密布,朵朵绒球绯红绯红像点透了胭脂。七奶奶的轿子,就是踏着这粉艳艳花毯,一路吹吹打打进了杨家大门。村里人说,好兆头啊,这棵合欢树七八十年没开得这么壮大,七爷的病一定能冲过来。

七爷,排行老七,家境殷足,可天不假年,还没等那个秋天走完就不在了,七奶奶宛如还没有开够花期的合欢花,便被重重锁进匣子里。淡淡地守着七爷留给她的院落过日子,来往于人前她总是低垂着眉目。

转眼冬天来了,苍茫茫铺天盖地下起雪,一下就是数天,杨家村在白雪的覆盖下蜷缩起了身子,村民们窝在家里懒洋洋烤着火,户外全托给了老天爷。直到有天黄昏,保长家大狼狗的叫声,和咕咚咚杂乱奔跑声,惊碎了这片沉寂。

保长站在空场,黄翻毛靴子踢得脚下的雪飞飞扬扬,他眦红着眼满嘴酒气,手里扯根绳子,绳子另一头像套狗一样套着村民狗剩。

"大家都来看,偷东西的贼,竟偷到我头上了,说,整整一口袋粮食,弄哪儿去了,谁叫你干的。"保长恶狠狠吼,抖动绳子,拽得狗剩直打趔趄,他家没栓链子的狼狗冲人群汪汪狂叫。

狗剩面色焦黄,护着头身体抽成一团,仿佛那层破烂棉衣能替他挡住些羞辱与拳脚。

"说!"

"是——"狗剩畏畏缩缩瞅向人群,"是七婶子叫俺干的,教俺把粮食换成钱给媳妇看病。"他一眼望到七奶奶,像见到救星喊了起来。

村民们眼光齐唰唰投去,包括保长,论辈份保长管她叫婶,而且七奶奶本家兄弟在县衙当差,没人敢随便说她闲话。

七奶奶惊怔了,身子如被雷击般闪了闪,她迅速盯住狗剩,又扫下周围,看到了人群中面色发青的公婆。她脸色煞白,楞了好一会儿,然后冷冷瞟了眼狗剩,对保长说:"去我屋看吧,看哪个值钱随便拿。"

人群一阵骚动。

保长最后挑了床绸面新被,是七奶奶的嫁妆,还没盖过。临走斜眼瞄着七奶奶,故意掂掂怀里的被子,"嘿嘿"笑了两声。

那天又是一夜大雪,窗棂子上结了厚厚冰花。

天亮时分雪停了,七奶奶起来后发现门外干干净净,门口跪着一人,是狗剩，"婶子，俺不是人，昨天是逼急了瞎说，俺想没人敢欺负你，有你挡着这事儿就算了了，俺不是人，给你惹事了，你打俺吧。"他哭成泪人儿，"要不是孩子娘病重，俺也不去做那事，更不会……"

七奶奶看他说完，淡淡地转身回了屋，什么也没说。

后来，七奶奶身边儿多了个小人儿，狗剩的三丫头，今年五岁，聪明伶俐，给七奶奶静滞的生活添了几分活气儿。

三丫陪着七奶奶说话，搂着七奶奶睡觉，听七奶奶讲古人的故事，她欢欢喜喜待在七奶奶身边，和七奶奶在一起，比她那有六七个兄弟的家要快乐得多。她最喜欢听七奶奶念诗，每次听七奶奶念那首"涉江采芙蓉，兰泽多芳草。采之欲遗谁，所思在远道……"，就会在眼前幻出幅图画：一条弯弯小河，哗啦哗啦唱着歌儿，河两岸漫天漫地长满兰花花。她问七奶奶这首诗什么意思，七奶奶没有回答，双手捧着一块玉呆呆地瞧，一瞧就半晌儿。

三丫有天晚上一泡尿憋醒了，四处乱摸没抓到七奶奶。她趿拉着鞋奔外屋找马桶，突然听到七奶奶的哭声，并看见七奶奶把一个人推出门"你走，你走，你前年说一开春就来接我，可现在人都嫁了快一年你才来，还有什么用……"七奶奶压抑地抽泣，让这还没逃过春寒的天愈发的冷，三丫狠狠打了几个寒战。

五月，村口那棵合欢树又开花了，又是一树红艳，似乎要把前几十年没有开尽的红，一并补偿出来。

三丫最喜欢去拣合欢花，拾回来交给七奶奶，七奶奶小心翼翼用细针串成花环，戴在三丫头上、脖子上、手腕儿上，远远地三丫就像朵粉嘟嘟的大合欢花。这时候七奶奶就会笑眯眯地，亮亮眼睛弯成月牙儿，白晰脸上一下子迸出阳光。三丫发现七奶奶笑得真美，比她妈妈美，比村东翠姐姐美，比天上人间任何一个谁都美。从那时起三丫格外喜欢起合欢树开花的季节。

三丫的幸福生活没有持续多久，伴着由远到近轰隆打炮声，日子开始有了忧郁的颜色。"鬼子来了"，这个消息浮荡在杨家村上空，沉甸甸如一颗随时会爆的炸弹，使惊恐的村民隔三岔五涌出村子，四处奔逃。

这天，村里人跑走又跑了回来，他们聚进七奶奶院子，从家家都备的小地窖里掏出三丫，她已经饿得不行了，哆嗦着身子，手里死死攥着一块玉佩，有人想拿过来看看，她被咬了一般尖叫"七奶奶给俺的，七奶奶给俺的……"。

鬼子真的来过了，七奶奶的房子已经变成瓦砾堆，这里曾发生过一场大火，一连烧了三天，残垣断壁里还有几处没有烧尽的火苗儿。三丫说，那天七奶奶病了，跑不动，就把她藏进窖子里，并塞给她这块玉，在外面踹门声响前，自己点燃了一把火……

第二年，春天再次来到杨家村，村口那棵合欢树下站着一个梳揪揪辫的孩子，她眼巴巴望着蔫头搭脑恹恹不振的树冠，等啊等，等了一季又一季，始终没有等到合欢树再开出粉艳艳的花。

三丫是我奶奶，那块玉后来传给我做了嫁妆。玉是翠绿的交颈鸳鸯，很精致。

>>>>> PART 4

最美丽的手

"谢谢杨姨,你真是我亲姨。"白小小动情地说,手下分外用心。一扭头儿,瞥见妞妞站在门口。"来,妞妞,你给奶奶揉揉胳膊。"妞妞盯着灯下杨姨的脚和妈妈白白嫩嫩的手停止了嚼糖。

冷月光

　　老韩走了,手里拎着黑色夹包,肩上背着旅行袋,包里满满装着他这些年的历史。机关楼外下着雨,密密的如串着线的珠子,穿过六月浓郁的绿叶,叮叮当当拍在大理石台阶上。

　　老韩走了,这一走,多少有点儿悲壮的意味,所以他只找个下午收拾完自己的东西,把钥匙插进门锁,就关门离开了,没有到任何人的办公室和谁道别,包括二楼的老领导。昨天,他们已经在楼下那间屋子里抽了一夜的烟。半间头的办公室给板台、书柜、沙发、床排得有些拥挤,他们坐在单人沙发的两边,中间茶几上那块尺把高的湖石,在烟雾弥漫的灯光下泛着幽幽暗光,这还是老韩出差海南时背回来的。当时其他人都笑他不捎些好拿的特产,却巴巴地带个丑石头,老韩只是笑而不语,这哪里是块丑石啊,奇特的造型明明是个宝贝。后来给老领导看上了只好忍痛割爱,为此还强搬了一盆老领导奉若性命的君子兰。那时他还没到机关里吧,三年前还是五年前? 具体时间不记得了。时间真是奇妙的东西,有些事明明记得很清晰,包括发生时的一场一景,当事人的一举一动连眉毛都数得清,可就是记不清究竟发生在哪一天。也许若干年后,他仍只记得这一夜,却想不起是因为什么而有的这一夜? 谁知道呢。

　　他们只是抽烟,一支接一支,抽完也不客气,从烟盒里弹出新的一支自己给自己点上。烟草味浓得让人沉迷,从沉默的气氛里拔不出腿,谁也不想开口说话。烟气蒸腾把老领导罩得牢牢的,仿佛是隐在云彩里,老韩打量着老领导,猜不透老领导这会儿在想些什么。他是老领导一手提拔起来的,从一个小小的所里,然后到分局到市局,从一般干部到所长到分局办公室主任,现在到市局综合处处长,哪一步都有老领导的影子,老韩一直感激,不过老韩却不服气有人说他是背靠大树好乘凉。这些年,他老韩也是脚踏实地走出来的,中间吃了多少苦,没有人比他更清楚。现在,孙猴子打回原形,他又要回到所里从头做起了,还背了个处分的声名。嘿,这下怕是没东山再起的机会了。老韩苦笑下。

这事实在膩歪,任是谁也想不到杠子硬打在了他老韩的头上。

综合处在全局算是说大不大,说小不小的部门,打个比方就明白了,就好比是市政府下面的发改委,还算有些权力。下面有几个执法大队,几十号人,规范这支队伍还是老韩来后设的建制,投入了不少心血,队伍的整体素质与面貌与之前大为改观。可老韩总不能放心,除了应付其他日常工作,老韩抓得最紧的还是执法大队,他明白,有权力的地方总是暗藏杀机。尽管小心了再小心,还是出事了。执法二队在执行公务过程中,与商户发生冲突,进而殴斗,在混乱中死亡一人,轰动很大,家属告到了省里。一纸批文下来,肇事者拘押候审,相关人员停职待查,首要领导也就是老韩被撤职。老韩找上级看没有没转机,上级让他回去等回复。一等两等还是那纸批文,听说要任命新综合处处长了,有几个人明显比往日活跃,老韩也死了心。"老韩,你亏不亏。"老婆心痛地哭诉。"亏什么亏,再亏还有人家死的那个人亏?"老韩没好气地顶过去,一甩门从家里出来了,漫无目的地逛了两圈,思量再三,给老领导打了个电话,老领导在单位值班。

从进门到现在,两人一句话也没说,只是不停抽烟。几次张张嘴,老韩都不知道说什么,干脆不说了。"算了,先在下面待上一年半载的吧。"老领导没转脸,冲他这个方向挥挥手,把老韩眼前这团烟雾搅得更迷离混浊了。"哦。"老韩应了一声,像是从另一个世界里探出的触角,慢慢延伸到老领导那个世界里,并与之小心接轨。他欠起身,把烟蒂捻进茶几前的绿萝盆,

里面已经盛了一堆,老领导曾说花盆里扔几个烟蒂防虫,后来养成了习惯,直接把花盆当成了烟灰缸,实在满得装不下了,通讯员会收拾出来。大概这绿萝确实命大好养,在经过长年累月烟熏火燎后,依然苗壮成长,肥硕的叶子巴掌大小,脉络清晰纤微毕现,中间那道纹理粗大壮实,引领整片叶子竞争阳光的恩赐。竞争,连低微的植物都在大自然中知道竞争,老韩摇摇头,再次苦笑。这让他想起这些年走过的每一段路,似乎每天都在遵循大自然的规律行事,除了竞争就是竞争,莫不这就是大自然法则? 老韩若有所悟。

"是非常在,心需宽! "穿过层层云雾,老领导送给他一句话。

"嗯。"

沉默之外继续沉默,烟也一根接一根。老韩没再问老领导什么,他的思绪在烟雾中遨游,把这些年的历史回忆个遍,有些当时匆匆而过的,竟然在今日此时品味出了另一层含义。那一夜,当他全身浸透着烟味离开老领导办公室时,户外月色清冷,出奇的水灵,他在墙角呸了口痰,嗓子眼儿舒服多了。

最美丽的手

白小小是单身母亲,但她很快乐。每天她扭着麻花脚进出美容室,总要引起一阵轰动。躺在护理床上闭目享受的姐们,不管脸上正贴着膜啊、胶啊,一听动静,忍不住"扑哧"一声,乐了,老顾客都知道,肯定又是宝贝蛋白小小在作怪。

白小小是"天丽"美容院的心灵减压师。所谓心灵减压,就是在特殊材料制成的舱里对人体进行全身排毒。心灵减压师比普通美容师待遇要高一些,对技术的要求也要高一些。白小小这十根手指天生有着艺术家的敏感,按摩在买美丽的女人们的脸上,像敲出一首首舒缓的乐曲,体贴入微,无微不至,使人脸上心上说不出的受用。白小小的手像她的名字,又白又小,肥肥腻腻,细若凝脂,是她九岁女儿妞妞的最爱。妞妞说,妈妈的手是天下最美丽最干净的手。

　　当然更喜欢白小小这双手的是那些老顾客,杨姨就是其中之一。

　　杨姨就是白小小最忠实的拥趸。第一次进美容院时,死活只做普护,"给我洗干净就行,一张脸哪值得花那么多钱。"杨姨很坚决。可遇到白小小后,普护就改成了高护,而且不断的产品升级、产品延伸,白小小推荐什么,杨姨就添什么,颠覆了整个儿价值观。后来美容院上了更高级的"焕颜皮膜",杨姨又毫不犹豫地改成这个。皮膜一张年卡一万八,三十八次。乖乖。全是白小小的一张嘴,以及她那张巧手,才赢得杨姨信任。只是现在杨姨好久不来了。经理亲自打过电话,杨姨说是身体不舒服。"那让小小代表我们看看您,千万要保重身体啊。"经理殷勤地说。

　　白小小下班后果然去了,电动车后带着女儿妞妞,今天姥姥有事,只能把妞妞带在身边。白小小熟稔地穿过几条大街进入一个小区,径直走入五号楼二单元。

　　"妈妈,我们要去谁家?"妞妞东张西望好奇地问。

　　"一个奶奶家,妞妞一会儿要有礼貌,见人要问好,不要淘气。知道了没?"白小小再次叮嘱。

　　"嗯,知道了。奶奶家有娃娃不?"妞妞早想要一个穿得像公主的芭比娃娃。

　　"妞妞是大孩子了,今年九月就要上学,不可以再玩娃娃了。"

　　"可我想要。"妞妞低声叹息。

　　四楼东户的门应声而开,杨姨笑容满面地出现在门口。一低头发现还有一个小不点儿，惊喜地叫："呀，还带来个小娃娃，多漂亮的闺女啊。"妞妞不好意思地笑了，连妈妈嘱咐的问好都忘了。

白小小像回到自己的家，把手里的包放在沙发上，先进厨房瞧："杨姨晚饭做什么好吃的？给我留了没？"说着话，顺手打开水龙头把池子里的几个碗洗了出来。

"咳，每回来先问有没有吃的，都不问问我这个老太婆好不好。"杨姨假意嗔怪。

"杨姨身体倍儿棒，长命百岁，生来就是好福气的人，一看就看出来了，哪儿像我们这些人啊。"白小小借着哗啦啦的水声，嘴巴不停。

"这丫儿，来了就吵吵，好像我抢了你们的福气似的。"杨姨拉着妞妞坐下，拿出一匣糖。

"可不，杨姨得借给我点福气，让我沾沾光。"白小小拭干手走了出来，一瞅妞妞已经剥开糖纸，忙呵怪："快谢谢奶奶。"

"不谢不谢。"

"奶奶，您家有娃娃吗？"妞妞含着糖，胆子也大了起来，开口问。

"有啊，奶奶家现在就有个娃娃。"

"真的？"妞妞眼睛一亮。

"真的，不就是你嘛。"杨姨哈哈笑起来，连坐在地上的大电视都震动了。

白小小让妞妞自己待着，别乱动东西，然后拿起沙发上的包和杨姨进入卧室。

电视播放的是体育频道，节目很没意思，妞妞抿了一小口水，嚼着糖向卧室走去。只见她管叫奶奶的那个人仰面躺在床边儿，裤子挢到腿上，露出肥白的脚丫，那脚趾枝枝丫丫像没长齐整的树杈，灰色的指甲盖像马桶里怄得发霉的烂污，闪动着不怀好意的反光。白小小正在这样一双脚上舞动自己白嫩的手。

原来杨姨得了灰指甲，脚丫长得又难看，怕人笑话，所以不好意思到美容院做足疗。

白小小宽声安慰,摁动脚上穴位的同时问杨姨的身体情况,同时把脚上各穴位与身体的关联一一讲解。心肝脾胃等身体的各个器官都在脚上占据一个位置,比如脚心代表了心脏,如果胸闷、气短,在脚心这个地方肯定有节结,很细微的变化,足疗一摸就能摸出来。杨姨,你这几天是不是火气大?胃不好?

怎么? 这也能看出来?

是啊,在你脚的这个位置。白小小用手尖儿画了一个椭圆的圈圈,然后轻轻用力捏了下,问,是不是感觉酸疼酸疼的?

嗯,哎哟,还真是。杨姨叫了起来。

这就是胃的穴位,有些问题一时半会儿人没感觉,也检查不出来,可从脚上能体现出来。

你瞧瞧我都有什么毛病? 杨姨有些担忧。最近我老也睡不好。

肾虚、肝火旺,脾也不太好,两条腿是不是走路没劲儿? 还有您刚才说的睡眠不好,都和这些有关。不过如果你长期做做足疗,慢慢会调理好的。有我呢,保证半年后让您百病皆消,身上没一点儿不舒服的,结结实实活过一百二十岁。

咳,你这孩子真不愧是心灵减压师,有你,这心里可舒坦了。杨姨感动地说。你的事杨姨也放在心上呢,妞妞上学的事包在杨姨身上,保证不收一分钱片外生的赞助费,我就说你是我家侄女,过几天,把妞妞的户口就落在我名下吧。

"谢谢杨姨,你真是我亲姨。"白小小动情地说,手下分外用心。一扭头儿,瞥见妞妞站在门口。"来,妞妞,你给奶奶揉揉胳膊。"妞妞盯着灯下杨姨的脚和妈妈白白嫩嫩的手停止了嚼糖。

临走时,杨姨送妞妞一个孙女留下的布娃娃,妞妞死活不要。回到家,精疲力竭的白小小一头扎进沙发里。闭着眼喊妞妞,唤她自己洗脸洗脚。

白小小正在沙发上休息,手上突然传来一阵轻柔生涩的按摩。白小小睁开眼,怔了,妞妞坐在小马扎上,心疼地握着妈妈藏在美丽下面的这双劳累的手,眼泪汪汪。

"妈妈,妞妞再不要娃娃了。"

有种酸酸甜甜的东西猛扑进白小小心里,她拉起妞妞的小手,与自己的重重叠叠摞在一起。

沙田鹤

海边的沙田地里飞来了一只鹤,它在这片沙田徘徊了三天,低垂着细长的脖颈仔细探查每一寸土地,时而昂起头高亢地发出嘹亮的叫声。

这只鹤在这里守了三天,找了三天,脖子弯了,脚磨出了泡,嗓子也哑了。

第四天头上,来了一个别着柳笛,拿弹弓的小男孩,他发现了它。说不上来是因为什么,出于好奇? 出于占有? 出于好玩? 或者别的什么,总之,他想要它。

当天,他悄悄在沙田的一处挖了个陷阱,很深。

连续无果的寻找使沙田鹤憔悴不堪,来时那雪白整齐的羽毛零乱,沾满沙土与风尘。它还是不死心地寻找,寻找几百年前遗失在这片沙田里的一样东西。

世间已历尽沧海桑田,万物皆有变迁,可是它坚信,它的那样东西,一定仍在这里。只是时间是最折磨人的机器,许多当时闪着光,藏也藏不住的,在时间流中,暗哑了,失色了,或者干脆消失了……

但鹤坚信,它的那样东西,一定仍在这里。

小男孩儿很有耐心,他观察它,分析它,甚至设了些小小不动声色的机关,慢慢把鹤引向了陷阱。

终于有一天,鹤掉进了陷阱,大吃一惊的鹤吓得魂飞魄散,拼命挣扎,怎耐套住了脖子的结实细丝却越挣越紧。

小男孩儿欢呼一声,拍着手从旁边蹦了出来,他庆贺自己的胜利,眼望着那么多天的渴望就在面前,他无比的快乐。

鹤蓦然发现有人,更加的吃惊,突然,小男孩因得意的蹦跳,而从脖子衣服里露出的那块红绳挂着的玉,吸引了它的视线。它停止挣扎,努力抵制要窒息的心颤,仔细地甄别。

没错,这块玉中那道古怪的石髓就是它要找的东西。那道石髓泛着淡淡的蓝光,如果留神,会感觉它那种缥缈的颜色似乎在动。只有鹤知道,它真的是在动,因为,它就是活的,即便是再经过几百年,它仍是活的,除非它自己选择消失。

它果然仍在这里等着它,它是它们数百年前爱情的印记。鹤眼里涌出几滴清水来,温温热热,落在那个小男孩为它挖的沙坑里……

丝线越勒越紧,鹤不再挣扎,此生了了,能重新找到这遗失的一部分真的没有什么可遗憾了。鹤盯了眡那个欢蹦乱跳的小男孩儿,最后把无比柔情的目光投注向那块玉。

玉髓在玉中狂暴地跳跃、跌宕,那块紫玉也由此而滚烫,还没容那小男孩惊觉地叫喊起来,玉,突然破裂,一丝淡淡的蓝从玉间泄出,飘向沙坑那具不再动的化石,融入它眼角还没有变得冰冷的泪中,一颗透明的琥珀由此产生,只是不知,若干年后,这粒琥珀将会由谁来寻找谁,又是葬在哪一个的心里……

天外的雨

索飞拉星际航空航天站。

天上下着小雨,他立在星际班车的自动运输轨上,不时望望身后的人群。身后人潮滚滚,形形色色的人拥向入口,只是没有他想见的人。他不由失望地叹息。

他伸出右手,从怀里掏出一个精小的八音盒,深深地注目,不时抹一把落在上面的雨滴。回忆如倾盆而下的雨,淋湿了他的心情。似乎他的回忆总是和雨有关,从地球被派驻到索飞拉星,他所能留下印象的事情,总沾着些许的湿气。

他到此是来考古的,索飞拉星在虹云星系,距银河星系九百亿光年,星球结构与地球惊人的相似,比地球还要古老,只是它还生机勃勃,而地球却处于衰竭的边缘。他的任务就是在索飞拉星寻找使地球复活的线索。到达的第一个星期,他躺在太空舱里复苏,星际旅行人始终是处于冬眠状态的。七天后,他从太空大厦里走了出来,外面正飘着雨。

沥沥啦啦的,扑在脸上清清爽爽凉丝丝的,比地球上的雨要清新得多。

果然是个好地方,适合人类居住。其实索星上确实生活着不少来自地球的人,但这些人都是索星严格挑选才拥有居住权的。他自叹不在此范围,只当这次公差是在享受美好假期吧。

"先生,您的雨伞。"一个甜脆的女声自一旁传来。他扭头观看,是这次出差索星为他配的私人秘书兼翻译——机器人茉莉五号。他微笑示意。他在雨中仔细打量这个茉莉五号。以他这个地球人的眼光来看，"她"不算很漂亮，却端庄大方显得很聪明，据说是以索星公民茉莉为原型，而这个原型茉莉据说是为索星做出过杰出贡献的年轻科学家。

他走在雨里，身后亦步亦趋地跟着茉莉五号。真像是惬意的假期啊，可是他的实际目标是东滩森林，离此五个星程，不可能步行走到，所以在小小地享受了下雨中漫步后，他与茉莉五号坐上了索星班车。茉莉五号确实是非常称职的机器人秘书，一路不停地向他介绍沿途风景及建筑来历。索星不愧是个古老的星球，处处都透着悠久的历史气息。茉莉五号讲得很详细，他非常满意。大概那个原型茉莉也是这么能干和善知人意吧。

在东滩森林，他与其他先遣队员会合，各司其职，忙碌的工作开始了。

一直到下一个星期，他的工作才告结束，他要带着他收集到的成果，及其他人提供的标本回地球去了。

临走这天，天空又是下着小雨。机器人秘书茉莉五号撑起一把伞："先生，别淋到了。"

他盯了"她"一会儿，终于忍不住了，开口问她："五号，你能帮忙安排我见到你的原型——茉莉小姐吗？"

"为什么要见她？"茉莉五号惊奇地望向他。

"因为，因为……"他有些词穷，"因为茉莉小姐也曾是地球人吧，我是她的故人。"

"哦。"茉莉五号闭上了嘴，低头默默一阵，抬头又问，"你见到她要做什么呢？"

"这个——"他窘了一下，"是不是你们星球上的机器人都这么反应灵敏？"

"先生还没回答我的问题，作为索星人，我有义务对我的星球负责。"茉莉五号微笑起来。

"好吧，我想把这个交给她，早年她在地球时落在我那里的。"他伤感地

PART 4 最美丽的手

掏出一个小小的八音盒。当年,那个风华正茂的女孩把这个送给他时,也是这样一个下雨天。

"你确定你不保留了吗?"茉莉五号问。

他点点头又摇摇头。

"好吧,我想办法找联系到我的原型——茉莉。"茉莉五号郑重承诺。

可是现在已经是他登机时间了,不但茉莉没有出现,连茉莉五号也再没露过面。他又重重地叹息一声。

"先生,您的伞。"一个女声响起。他展眼望去,是茉莉五号,手里正持一把伞递了过来。他惊喜地向她身后打量,却没有其他人跟在"她"后面,一张脸霎时垮了下来。

"先生,您的伞。"茉莉五号重复,并拉过一把行李箱。

"你这是——"他莫名其妙地望着她。

"和您一起回到地球!"

"可是,索飞拉星不是有规定吗?机器人一律不准离开本土。"

"谁说我是机器人了?"茉莉五号展颜而笑。

"你——莫非——你是——"他语无伦次结结巴巴说不成话。

"对——为了你手里的八音盒。"茉莉五号深情地说,"我们已经错过太久,就从现在开始弥补吧。"茉莉五号,不,是茉莉,从他手里抽出那个精致的八音盒,一阵悠扬的钢琴曲倾泻而出。

赤木星女人

　　一组电子仪器忙忙碌碌地闪烁。

　　屋角工作椅上坐着的那个女人轻眉微蹙，盯着那些晃动不停的屏幕，心里涌动着不安与焦躁。今夜就该出结果了吧，她想。

　　似是看穿她的心事，机器人阿丁操着它那口卡罗蒙语回答说：是。屋角的女人笑了，自从离开赤木星，她没有删除阿丁的母语，只是给它程序让它自己增加所到星球的语言。聪明的阿丁总是在她们独处时说着家乡话，这多少慰藉了她那颗思乡的心。

　　来到地球大约有多少年了？啊——她忘记了，应该是很久很久以前了吧，当时亚洲一个君主正横扫东方，在欧洲另一个君主涤荡了西方。记不清了，似乎从来到地球就没见过平静，这是她所有去过的星球中最不肯安静的一个星球。

　　唉，这让她更加怀念她的家乡——赤木星。如果不是被某几个疯狂的野心家操作控制，破坏了它的原生貌，耗尽了赤木星能源，形成一个象征死亡的宇宙区域性黑洞，那么那里——赤木星应该是多么舒适的地方。每一次回忆起那里的风物情貌，她内心都会充满一片安详恬静。

　　现在呢？一切早不复存在了。抚摸着腹部，这个赤木星女人感到一阵悲凉，她的后代，将永世不知生养祖先的赤木星为何物。

　　"主人，不要难过。"阿丁体贴地安慰。

"呵呵,阿丁,你真是越来越能猜透我的心事了。"赤木星女人微笑了。

"不是阿丁聪明,是主人最近思乡的情绪越来越重了。"阿丁老实作答。

阿丁说的是实话,她黯然不语。

"哗哗——"一条信息传入她的中枢神经,是远在另一个星系的同事。

"我这里情况不佳,近期将重新选择繁殖地。"

啊——等来的竟然是这么条消息,赤木星女人有些惊慌,她本来打算这次对地球所做的测试结果不佳时,转去同事那里的,目前看来只有先等待结果出来再说了,她以绝望的企盼把目光重新投注向那些闪烁不定的屏幕。

她们赤木星人在很早前失去星球后,慢慢转化为无性繁殖,并乘驾着各自的航天机独自寻求适合她们生存的繁衍地。她们拥有无与伦比的超高智慧与能力,却像一群散落于茫茫宇宙的微尘,孤独地流浪。

悲哀的感觉漫延心头,忧郁让她几乎失去支撑下去的力量。如果不是肚中日渐成熟的孩子,她想自己一定会被这忧伤击溃。必须保护孩子,她们这个渐趋没落的种族生命期很长,可繁殖力并不强,每一个赤木星人一生也许只有一个孩子,而初生儿对环境的要求非常高,这也是她们一直无法解决的难题,所以更多时候,她们这些天行者是在寻觅适合孩子降生的地方。

"哗哗哗,嗒,嗒——"机器响了一阵,慢慢停了下来。

她先阿丁一步冲了过去,审视结果,良久,疲乏地泄下气来,沉重地坐回椅子里。

"以录入的所有数据分析,再有二百六十年,地球将连续遭受环境灾难,地表之上将无法存活任何生物体。"阿丁念完结果,也是非常震惊。"主人——"

"那时,我的孩子刚刚出生,没有任何能力抵挡不良环境的侵袭……"赤木星女人痛楚地把面孔埋进手里。

"哗哗——"又是一条信息传输过来,大成星同事在另一边哀泣,"@&$,我刚失去了我的孩子,我们这个族类刚失去一位成员……"

"我以为以我的能力能避免这种情况的发生……"

地球上的这个赤木星女人一下子惊恐起来,她蓦然站起,快速命令阿丁："马上启动程序,立刻进入航天状态。"

"可是主人,就是说要离开地球吗? 我们多年建立的基地怎么办? "

"阿丁,"赤木星女人闻言转过身来,郑重地瞪视着它,"我们的种族后代重要,还是那些基地重要? 一个种族消失了,还谈什么发展。"她开始操作她手中那部分仪器。

"我也不舍离开地球,曾经我很看好它,毕竟它与我们的赤木星有着诸多相似之处。可是,地球人不知道珍惜,所以,我们只有离开。"

"是,主人。"

三〇一〇年的一个夜,有人看到一缕火光自某丛林地带缓缓升起,绕着那个地区盘旋一周,然后头也不回地向着夜空飞驰而去,这时地底传来连续不断沉闷的爆炸声,似是送行离别的歌。

星座纪事

"郭氏星际联盟"总裁郭如良从电梯里出来,影子般闪进一间豪华办公室。这间办公室,处于这座城市最高建筑的顶层,透过窗户可以鸟瞰城市的全貌。

此时,整个华萝城覆盖在月辉淡蓝色的光晕里,明亮而又宁静,没有一丝声息与来自于城市内部的光亮,只有屋顶与玻璃反射着天上明月的光斑。

嘿嘿嘿,郭如良阴恻恻地笑了。

三天前他放出风声,公布小木王星附近出现一个宇宙黑洞,并正以几亿兆的速度漫延,小木王星随时会有被吞噬的可能。

消息放出后,全星一片哗然。没有人怀疑这条伪信息,因为郭氏手下联盟集团之一就是太空观测,几乎占有垄断地位,直接影响着全银河系的物候播报导向。同时近期宇宙飓风狂飙,横扫银河系每一个星座,关于灾难的谣言正满天传播,这就给了郭氏一个机会。

为了这个机会,他不惜让自己的儿子带着大批员工撤离,来印证小木王星确实会被毁灭的事实。不出所料,全华城的人集体逃亡,这两天,飞船"咻咻"升空的景象煞是壮观,船体引擎尾部的火光在天空划过了无数道绚烂的光束。在这批离开的人群中,自然包括他的对手——汪氏总裁汪斌。

郭如良此时就站在汪斌的办公桌前,他轻蔑地拎起桌上那张合影抛到一边,照片中那个女人正恣意地微笑,如果当年她选择的是他,那此时她正安睡在温暖的家中,而不是流离于太空惶惶度日。

当然,华城的人们还是会回来的,当他们责问他时,他会以失误来做借口,并发表道歉声明,可与他现在所要做的相比,又算得了什么呢?现在,他就要按动那个开关,拯救郭氏星际联盟霸主的地位,之后就可以将一切阻碍郭氏的力量消灭干净。

他眯起眼,紧紧抿住嘴角,仔细寻找那颗按钮。

找到了,在保险柜旁的左上方。郭如良心里怦怦乱跳,他哆嗦着指尖轻轻按了下去。霎时,两道弧形天网徐徐升腾,自左半球和右半球向中间合拢。

郭如良盯着窗外,大喜过望,马上链接到郭氏主机网上进行操作。

汪氏天网承接了小木王星紫外线防护工程,性能单一,而现在被植入郭氏程序,那它所起到的作用将成倍扩张,郭氏所有业务借助这张天网,将如虎添翼无孔不入。汪氏天网真正的主人从此将是他郭氏,间接地,郭氏也将是小木王星背后真正的主人。郭如良想到这种可能已经实现,不由哈哈大笑。

笑声在这静滞的空间,如石子投进池中,激起涟漪成倍地扩大。

周围实在是太安静了,实施完计划的郭如良突然在心里泛起几分恐惧。

四周杳无声息,绝对的静谧慢慢攀上他的身子,爬上他的肩头,缠绕在他身体的周围,他不由打了一个寒战。

窗外月光如注,没有因为隔了一层天网而消减它的光华,依旧是将凉冰冰的光泽披在死一般的华萝城上空。

"咚咚咚",室外突然传来沉重的脚步声,紧接着,门被大力地推开,一个人站在银辉之下。

啊,是他的儿子,郭仲。

"爸爸!"来人也同样惊愕地瞪视着郭如良。

"你不是已经走了吗?"两人几乎同时开口。

"走掉的是复制人。"两人又几乎是同时的回答。

嘿嘿嘿,郭如良笑了,不愧是他的儿子,尽管不够心胸阔大,却也是心思缜密,心机狡诈。

父子二人相对而笑,彼此心知肚明。

还没容他们说话,偌大的办公室忽然传出另外的声音,墙上缓缓降下一幅屏幕。

"嗨,老朋友,你好吗?"汪氏总裁出现在屏幕里。

郭如良不可置信地擦亮眼,确实是,没错。

"老朋友,真不幸,你果然踏进了自己的陷阱。"屏中人悲悯地连连摇头,"你大概不相信吧,小木王星真的要消失了,不是消失于宇宙黑洞,而是来自于地心的爆炸,而设计这场爆炸的人,就是我!"他指着自己的鼻子,放肆地纵声大笑,"这要谢谢你,老朋友,由于你的宣传,小木王星上所有居民已经安全撤离,本人不用再负担谋杀全星居民的罪名。"

"哈哈哈,您现在明白是怎么回事了吗?"

"小木王星在你眼里是一盘佳肴,却是我最大的阻碍,它挡住了我发展成王星周围的星域,所以,小木王星一定要消失。那个天网就送给你吧,顺便说明一下,它只要合拢就无法自动打开,它建造的唯一功能大概就是湮灭爆炸真相,造成被不知名灾难毁灭的假象。"

"哈哈哈，老朋友，再见了，再有二十分钟零二十八秒，小木王星将永不复存在，我会在成王星感激你，怀念你，88。"屏中人一阵狂笑。

郭如良脸色灰败，疯了一般搬起椅子砸了过去，"魔鬼，魔鬼，我要杀了你……"

他的儿子瘫坐在地板上，喃喃自语："爸爸，二十分钟之内，我们连这座城市都跑不出来，还有这该死的天网……"

二十多分钟后，小木王星轰的一声数分钟的炽亮，犹如积聚尽了它全部的力量，在天际爆出极致绚丽的光芒，然后，突然隐匿再也看不见它的影子，银河系这个位置重归于黑暗，曾经的一切全部消失，关于纷争，关于阴谋，关于恩怨得失，所有的所有都不存在了，融入了时间，融入了永恒……

何谓永恒

微弱的阳光挂在苍灰的天穹，整个天空犹如倒扣下来的锅底，呈现着沉闷的暗紫色。一个老人坐在轮椅上，贪婪地望着窗外，仿佛要把天边那没有光泽、暗哑的云层吸进他的肚子里。

"爸爸，您真的要留下吗？"一个中年人忧郁地站在他身边。

"嗯，"老人没有回头，"决定了。"

"可是，我不能让你一个人留在这里。"中年人倔强地摇头，企图改变老人心意。

"孩子。"老人扭过脸来，苍老面孔掩不住倦怠的神态，"我已经老了，走不动了,哪里也不想去,只想安安静静守在自己的地盘上,周围都是自己熟悉的老伙计。"他眷恋地扫了眼屋内。

"爸爸——"

"孩子,走吧,我知道时间不多了。"老人瑟缩了一下,往上拉了拉搭在身上的最新防辐射恒温衣,"给我打开门,这天儿真的是越来越冷了。"

"爸爸——"中年人无可奈何地激动起来,"您明知道再过几十小时,地球将不复存在——"

"是的,孩子,所以你快走吧,我的孙儿们还在等着你。"

想到那两个孩子,中年人心里一疼。由于太阳急速萎缩,日光严重不足,这一代孩子们的脸色是苍白的,尽管有着优渥的医疗条件,可这些孩子身体状况不容乐观。尤其他那个大眼睛的小女儿,天生哮喘,她每咳一声,都似乎抽打在他的心上。

"爸爸,我们已经是最后一批离开地球的人类了,我希望我们全家一起走。"

"孩子,我们是全家在一起,一直在,只是以后是心在一起了,我的身体要留在这里,和我们的祖先,和你另一个世界的母亲在一起。"老人喘了口气,眯缝起浑浊的老眼。

伤感,在这间房子里流溢,像一首缠绵怀旧的曲子来来回回地涤荡,一时间,父子两人心里同时回忆起许多往事。

这所房子在中年人还是小孩子的时候,四处还有明艳的阳光,只要小心地不被它灼伤,隔着防辐射玻璃晒日光浴,是多么美好的享受啊。那时母亲总是不停地在房子里走来走去,他就在这窸窸窣窣的脚步声中,安静而甜蜜地睡去。

还记得那时天上还有星星,眼前这个老人正当壮年,常抱着他仰望深邃而广漠的天空。啊,那是多久以前的事情了,久得他都记不清年份。现在的孩子们,都没有了他那时的幸运。天上的星星一个一个在熄灭,正如人有生老病死,几乎所有星座都有人类涉足,或像被占领的银河系在迅速地衰老灭亡。

每天，太阳黑子以千亿兆的速度爆炸，由此而引发的海啸、地震、荒漠，一系列的灾难纷至沓来。太阳光日渐暗淡，叶绿化合物没有了营养源在消失枯萎。生物及能源链受太阳这终端顶点的影响，犹如多米诺骨牌，瞬息倾颓，差不多快被人类凿空的地球像患了严重的传染病，随时都有倒下的可能。有准备的人已经开始寻觅迁移地，不过要在银河系外搜寻了，从新闻里听说，暝王星、金星、土星已经快成空星，在那里定居的人类几乎全部撤离。

"爸爸，我们还是快走吧。"中年人蹲下来，望着老人的眼睛，不肯放弃。

"孩子，我知道你舍不下我，可是，我也舍不下这生长了一辈子的地球，这里有我的家，我的过去，我的一切。而且，到达新居住地的路还很长，带上我也是累赘。"老人伸出手，抚摸着儿子的脸颊，"我老了，真的不想动了，剩下的食物及燃料足够维持我走到最后，你放心地去吧。"

"爸爸，那我只好对不起了。"中年人见老人拿定主意，他便不再商量，就地抄起老人的两条腿，另一只胳膊探到老人身后，一把将老人抱了起来。

"放我下来，放我下来。"老人张皇地左右摆动身体。

"不，我不能眼睁睁让我的爸爸独自一个人待在一个将要毁灭的地方，我不能容忍我的爸爸被那该死的宇宙黑洞吞掉。"中年人负气向门外走去，一路大声喊叫。

老人终于安静下来，当他们快到大门口停着的飞船前时，老人突然抬起湿润润的眼睛，急切地嚷了起来："快，快回到我屋里，从床边桌子第二个抽屉里拿出你妈妈的丝巾。"

儿子一言不发，放下老人向屋内冲去。

当他跑出来后，手里除了那条泛黄的白丝巾，还有一叠相册。老人一把捧了过来，捂在胸前："这是很久前，你母亲的太祖母送给她的，真正蚕丝织成的丝巾，这样的礼物早就已经消失，你的母亲一直珍藏着。"老人摩挲着丝巾，把脸贴到上面，轻轻地哭了。

"爸爸，我们会找到一个新的，像地球一样的星球。"

"可是，我们的地球，永远不会存在了……"

中年人黯然不语,抱起老人走入飞船。

九十二小时后,太阳光闪了闪,轰的一声数分钟的炽亮,犹如积聚尽了它最后的力量,在天际爆出极致绚丽的光芒,然后,突然隐匿一般再也看不见它的影子。不久后,正在大面积形成的宇宙黑洞将主宰银河系中的一切,一切都将消失,一切又将永恒……

三——五

这是一所临街的老房子,屋内光线昏暗,窗子蒙着厚厚的尘土,从屋内望不清窗外,窗外的阳光只微微向窗内探出一线明亮的颜色,数万粒尘埃在这一线的明光里,上下翻舞。光亮打在桌子上,照在摊开的银灰色包袱皮上,上面放着一个黑色的骨灰盒。

这事很怪异。严钦正在楼下看电视,突然听到久无人去的阁楼有动静,然后他上来,就发现尘土厚积的旧八仙桌上放着这么一个东西。

这事没法解释。

在严钦正的记忆中,这座老宅子的寿龄可追溯到曾祖父那一代,门楣上还有镂刻的状元及第字样,祖父晚年时曾入了公产,父亲中年时又回到严家。严家在当地算是书香礼仪传承的本分世家,整个家族信奉佛教,除各代有各代读书人无伤大雅的小小癖好外,没听说出过什么伤天害理的事情。所以,家里莫名出现骨灰盒,五十二岁的严钦正除了惊惧,更是血液贲张地恼怒:是什么人黑了心肠,拿这不吉利的东西祸害人。

他四处盘查,小阁楼堆满杂物是藏不住人的,除了顶上那扇窗户再无出路,整个空间也确实不可能有人,久无人打扫,地面上的脚印只有他刚刚踩下的,连个老鼠的踪迹都寻不到。难道这个东西是早放在这里的?怎么可能,上一次上来时尽管相隔时间比较长,但当时八仙桌上绝对什么也没有。

严钦正很纳闷。忍着灰尘荡起的咳呛,带着几分嫌恶仔细打量桌上"那个东西"。

黑色的骨灰盒在暗淡的光线下,散发着妖冶的光泽,油亮的漆色遮掩了原木的质地,但凭它给人的观感,似乎很沉重。骨灰盒盖子上镶着一块方方正正的亮片,严钦正凑近观看,那亮片似是玉石,隐隐有文字显现。他推了推眼镜,眯着眼看,一字一句读了出来:吾来吾去,任吾轮回。

一束集光,瞬息从盒子内爆发,闪眼即逝。重归黑暗之后的严氏阁楼空无一人,严钦正不见了。

六月末的西湖风景宜人,悠悠的潮润扑在皮肤上感觉好得不得了。

只是人们是不能袒露在阳光之下的,空气中不仅含有各类毒素,而且超强辐射足以致人死命。人们是坐在自家触摸屏前抚摸六月西湖的美景,由电子触感器把知觉传输进人的身体各器官。这多少有些悲哀,公元3115年,人类文明已经高度发达,却失去了对自然最本能的感觉。许多天性也都被框起来了,包括"自由"。自从第十一次世界航空航天竞技赛之后,科尔玛星球就限制了地球对外太空的运动,理格球长无可奈何地说:我们被禁闭了。

地球人对此毫无办法。

文明与进步是需要代价的。当初地球人野心勃勃一心要探索和占领外太空,结果在无限极地发展之后,终于触到边界。如国与国的边界相同,任何一星的外延都是有限度的。后来科尔玛星球的人嘲笑地球人,说他们只知愚蠢地抢占地盘,认为自己发现的就是自己的,并竭力保护,其实不过是在自己家的后花园里玩泥巴而已,本来就是自己的东西却抢来抢去,根本好笑至极。

望着西湖，K511，这个人类学专家心情复杂，他有几分迷失。对人类史的研究是他毕生所长，可许多时候他觉得自己是生活在一个狭窄的笼子里，不知自己是谁，不知人类是谁，谁又是谁的谁呢？唉，可能他要报废了吧，最近他这种怀旧与怀疑情绪越来越浓了。恍惚间，他眼角似乎在西湖的图景里瞧到一个人影，这是不可能的，他不由大瞪起眼睛。真的，触摸器中显示，屏幕里真的是有一个人，那个人裹在一件蓝色大衣中，半秃着脑袋，双脚赤裸趿拉着一双棉拖鞋。

之所以 K511 能如数家珍般讲出那人身上是什么东西，还是缘于他对古人类知识的了解。那些东西早已经消失一千多年了，据记载曾是古人类日常所有。可是，屏幕中怎么会出现这么个人呢？看那人的表情，一副梦游者的神情，手里捧着一个盒子呆呆面对湖水，似乎他也不知道自己身处何方。

这个人正是严钦正，他怔怔的，出于本能搂着那个他所认为的"骨灰盒"，茫然不知身在何方。眼前的景致衣稀是熟悉的，可感觉非常的不对劲儿，好像自己无意中闯入了不该进入的地方，比如电影中，比如梦中，对就当是在梦中吧，一切是那么的不真实，刚才，他明明是在他严家的旧宅子里那堆满旧物的阁楼，无数颗金蝇一样悬浮的尘土……

与此同时，K511 这边有电话接入，是 K512 打来的，K512 和他一样，是研究人类学的专家。就听 K512 兴奋地讲：嗨！兄弟，打开 87779 西湖频道，有一件好消息告诉你。

"我正在看这个频道。"

"我把咱们的祖先请来了。"

"你是说……"

"对，我曾往古代投送过时光运输机，这么多年了，终于有人接收并来到了这里，兄弟，你知道吗？这是多么伟大的时刻，我们终于有机会摆脱现况了，我们可以重新发现我们的古老文明，过我们祖先过的日子，享受青草、绿地、走在阳光下，吃大地产出的粮食、清水，而不是活在这该死的套子里……"K512 越说越激动，全不让 K511 插话。

"啊——强盗,你们在做什么!……"另一头 K512 突然大声地呵斥。

K511 连忙打开可视屏,刚才他一直在观察西湖边上的那个祖先,没有去看 K512。

只见屏的另一面,K512 已经不再说话,直直地站立当场,几个武装警卫环立四周,其中一个小队长模样的人向 K511 这里望来,K511 连忙关机。

与此同时,西湖边上那个搂着黑色盒子的人像虚影似的,闪了两闪,不见了。

K511 叹息一声,唉,没想到 K512 曾说过的话是真的,他要偷渡一个祖先回来,复制古代人类文明,这在星际公约上是不被允许的。现在知道这件事情真相的只有他 K511 了,可是,祖先被发现并被"处理"掉了,他 K511 也将被"处理"掉。只是,人类真的只能延它的轨道前行,为了规则而不可能拥有轮回吗?哪怕前进下去只是一条死路。

K511 听到了门响,唉,该来的还是来了,他长叹一声,心里产生几分怨恨:或许 K512 是对的……他闭目以待,在这片刻工夫,他温习了下刚才从屏幕里提取的那个祖先的一点点记忆:一间散发着古老气息的屋子,一台古旧的八仙桌,一线微弱而温暖的阳光……

试验场

陆昊坐在学院特地派出的陆地飞行车后排座上,他的旁边坐着江教授,江教授此时正在便携笔记本上逐行阅读着讲义。今天陆昊是作为"天成中学"的学生代表,特别陪同江教授到他们学校为几百名学生演讲。

江教授今年五十二岁,是研究中学生教育的知名人士,半年前他发表了《论中学生大脑物理场》的论文,获得全国教育研究院颁发的一等奖。

车在校门外停下,江教授打开车门,一脚触地,视线突然被脚下的一块亮片吸引,有硬币大小,闪闪发光,非常不同寻常,似乎在自己调节色彩与光亮度,金属色的七彩光芒耀人眼目。江教授不由自主快速下车,弯腰伸手去捡⋯⋯

陆昊后来向校长汇报时说,他很懊悔,如果早知道会有事情发生,打死也会紧跟教授,当他去给江教授开车门时发现教授不见了。

这可是惊天大事,一名刚接来的教授莫名其妙消失不见了,而且还是在随行陪同学生的眼皮子底下。

校长听完陆昊结结巴巴的汇报,虽然一头雾水,但深感事态严重,慌忙向停车场跑去。听到这个消息,在场所有的家长等也尾随而去,几个消息灵通的记者竟然已经抢先来到了出事现场。

一群人围着车四处打量,车里车外毫无线索。就在这里,突然有人喊:这是什么? 一下子吸引了所有人的注意力。

就见校长脚边儿躺着一枚亮亮的外观像是硬币的发光金属物。

校长发誓来的时候这里肯定没有这枚硬币,要不这么亮的金属即便不是很大,但要忽略它所散发的光芒几乎是不可能的事情。校长问遍所有在场的人,不是任何人的。他惊诧地拿起硬币,它出现在江教授消失的现场,而且离奇地出现在大家眼前,不对它产生好奇是不可能的事情。大家脖子都伸得长长的,向校长的手里望去⋯⋯

意料之外的事再次发生,当安排会场的副校长赶来时,发现停车场静悄悄空无一人。他蒙了。

下午一点零三分,"天成中学"檐外来了一辆越野车,几个人从车上搬下一堆仪器。

"我们是国家 T 所的。"一位戴眼镜的中年男子递给副校长一份证件。

副校长狐疑地看了看，还给对方，不管真假吧，反正人不见了，没什么不可研究的。

最先报道这件事的是晚报，之后是大量的网站进行了转载，一下子"天成中学"教职员工集体消失的事通过互联网传遍全国。"天成学校"一下子全球闻名。各数人马蜂拥而至，甚至有作家来采风，说要编一出外星人掠走地球人的剧本。学校里的电话要打爆了，副校长忙得焦头烂额，不仅要接待上级问询，还要应付那些孩子的家长、媒体、记者，以及好事者。

下午二点二十九分，那个自称"T"所的人再次找到副校长，说要单独谈谈。

当副校长重新从办公室出来时，整个人软绵绵的如梦游一般，显然刚才他听了一个他所无法相信和理解的神话。

该市最高层建筑物是新兴商业大厦，占地十五亩，楼顶的天台能停一辆小型直升机。这时，平台上站了一圈人。副校长挨近眼镜，低声说："会不会出问题。"

"不会。"

副校长心事重重："太匪夷所思了，事后你们可以对所有的人采取记忆消除术。"

"呵呵，这是科学，又不是美国大片，我们的技术还达不到那种程度。"眼镜又补充了句，"既便是有，也不可能随便使用，给星际法庭知道要判重刑的。"

"哦，那就放心了，我一直在害怕我们地球人无法抵挡你们的高科技，被你们鱼肉而无法自保呢。"

"哈哈哈。你可真有意思，我们的星球和你们的星球在千年前就有来往和联系，只是从未公开过，这都是有协议的，这次空间传输完全是个意外，江教授所研究的人类中学生的大脑与我们的一个课题相类似，所以我们一直在关注他，大概是关注时间过久，研究这件事的机器人突然出现异常，也就是你们所谓的童心，忽然间电脑神经自动更新程序当自己是个大男孩，然后就出现了空间传输，把教授他们转移到了试验室。真是对不起。"

"哦。"副校长茫然地应了一声。

三点整，新兴商业大厦天台上瞬间亮光大起，眨眼工夫多出上百号人来。大家一脸茫然，相互辨认，副校长在人群里发现了校长及江教授，他快步走上前抓住两个人，并把他们带离了天台。一路上，他简要告诉两人事情经过，并对校长说外星人的要求是尽量低调处理这件事的影响力，一个是星际公约不希望破坏星球内部平衡，一个是他们自己并不喜欢张扬。反正校方找到了失踪的人，做好这些人的安抚工作即可，其他如媒体等他们自有办法。

"没想到外星人就生活在我们中间。"江教授感慨地叹道，"看来我们地球人的想象力还是太小了。"

"呵呵，江教授，这次集体空间转移事件可完全因为您的研究课题所起，看来您的研究在外星人世界都是有影响力的。"

"嗯，下一步我就抓紧研究这个课题，只要对人类对全宇宙生物有用就是经历再多困难也值得。"

"对了，校长，你们在空间转移时发现了什么？"

"真是惭愧，我们什么也没看到，在大家全神贯注盯着那枚硬币时，只是眼前一闪就什么也看不到了，感觉好像是闷在一个箱子里，任何触觉也消失了，不知道身在何方，曾努力地喊过，可没有任何用因为根本喊不出声，再后来，我们就集体出现在天台。"

"哦，外星人的这种传输真是太神奇了。"

"嗯，我们在极速分解下极速转化为电子或者更小的夸克，之后进行空间转移，也就是说，当时的我们并不是'我们'自己。"

"应该是这样吧。"江教授再次发出感叹，"不知我们人类要进步多少年才能掌握到这种技术。"

"所以才需要你的研究，开发中学生的大脑，让他们在青少年时代就掌握更新知识的素质。"

　　"好了，我回去要准备解释这件事情的报告了。"校长显出一脸的疲劳，"所幸全体人员都没事。"

　　他们沿僻静些的一处楼梯走了下来，其他人还在天台上没有下来。校长、副校长、江教授只顾谈论整件事情，他们谁也没有注意到尾随其后的一个孩子的身影，眼见这三个大人闪进了电梯，这个孩子停在转角处，他骨碌着两只聪明的大眼睛回想着刚才听到的话。这个孩子就是陆昊，他的眼里闪过一丝狡猾的笑意，刚刚从衣服口袋里抽出的右手里，平摊着一枚闪闪发亮的硬币。

通往梦城的火车

　　省省吧,你的儿子早晚有一天会比你更有出息。他从自己身上抽离出去,仿佛看到长大的小男孩,站在那个急躁无情的父亲一旁,强壮、高大、有了扳倒世界的能力。可为什么,他根本没有为童年的伤害感觉到哪怕一点儿安慰?

 # 17 号通报

雨下得不大,轻飘飘的,从窗口望出去,服务大厅像泡在阴萌萌的雾里。

小佘坐在会议室,对着白墙上的镜匾发呆。镜匾雕画着"黄山迎客松",玻璃镜面上有朱笔题字:"秉公税收,造福于民"。并列悬挂的还有几面锦旗,这些是嵌在历史上的勋章。

纸是单页,A4 大小,抬头印着红字:2012(17 号)《关于 *** 有限公司税案的通报》。

余下的文字小佘能背得出来:

"该单位二〇〇七年至二〇〇九年度期间,未按规定缴纳营业税金及附加、印花税、土地使用税、土地增值税、企业所得税,共计五十四万两千零一十六点七二元。根据有关规定,依法追缴税费五十四万两千零一十六点七二元,对其处以少缴税款三十九万七千三百五十六点四八元百分之五十的罚款计十九万八千六百七十八点二四元,并加收滞纳金。"

小佘瞅着通报发愣。他的文件夹里有这么一份通报的草稿,也就是说,这份通报正是他拟的。

"我看,看,看你怎么解释。"大丰一生气就结巴,这使他更生气。大丰急躁地从兜里掏出烟,抖出一支,犹豫了下,又抖出一支,扔给小佘。

小佘没动。这是无烟会议室,不过他没制止大丰。等大丰一支烟抽完,他拎起旁边的包,带上那张通报,对大丰说:"走吧。"

"去,去哪儿?"大丰问。

"那你为啥来的?"小佘不温不火反问。

大丰不再说话。许多时候大丰很是郁闷,明明是一奶同胞的兄弟,偏这个兄弟就像是个外星人,从来没和他这当大哥的好好说过话,要么是嘴紧得很,吊得人上火;要么是迂回一枪,直奔主题,让人没有地方发火。

他们此行不顺,绕了半个市,才在郊区一家小学找到那个人。那个人来这里刚刚给学校捐了间图书室。大丰一路憋着气,看见这个人,像终于见到亲人一样,他放开嗓子喊:"何伯——"

何伯身边围着几个衣衫光鲜的人,一脸风吹日晒的何伯插在中间显得格格不入。但谁不知道何伯是谁呢?何伯扭脸过来,眯眼看到他们俩,惊讶地走过来:"你们怎么摸来了?"

"找你,找你,谢罪。"大丰恨恨地让开小佘一步。

"啥罪?"

"别听我哥的,找您来蹭饭的。"小佘笑嘻嘻的。

"通报的事呗,何伯您别计教他。当年您供我俩上学,小佘披上这身衣服,没您当年就没我们现在,这事是小佘不对,所以我带他来了,听您处置。"大丰看到何伯也不结巴了,说得很动情。

他接着转回教训小佘:"小子,你兑你多没义气,忘了咱当年怎么穷,是何伯给了咱生路啊,你怎么……"

小佘一巴掌拍开大丰的手,淡淡地说:"一码是一码。"

"好,你公事公办对吧,那我问你,你们税务这次为啥只查何伯公司,不查其他公司?"

"稽查局选案是根据企业的财务指标、税收征管资料、以前年度的稽查资料以及专项检查计划、举报信息、其他部门转来的信息综合筛选,概率均等,不存在查谁不查谁。"小佘像背书一样,背给大丰听,他不看大丰的脸,不想在这件事上接通与大丰之间的兄弟气息。

"你这不是成心给何伯难看嘛!"大丰气急败坏地嚷。

PART 5 通往梦城的火车

小佘还是那句话:"公是公,私是私。"

何伯哈哈一笑:"我当什么事啊。"他瞪了大丰一眼,"要不是这一查,我还不知道公司的事呢,我已经对公司整顿了。大丰我得说你,你得好好补补课啊,违法了,知道不?管理上的知识,你缺啊。你还教训起人来了。当年让你们读书是图你们将来有了出息,造福四邻八舍,有多大能耐使多大能耐。小佘这也是做贡献。收税,查税,为国为公,都为了私,国家谁管呀。"

他胳膊肘一揣小佘:"听说你们涨工资了,对不?你得请我客,财政上的支出也有我们这些企业一份贡献啊。"

"何伯,"小佘握紧何伯的手,"理解万岁。"

"刚才学校要我给孩子们讲创业的事,我看这样,不如你来讲讲税收知识,普法咱从娃娃抓起啊。大丰,过来,和我一起受教育去。"

小雨早已经停了,天空绽出亮色,继而一大束光撕破阴霾。天下晴朗。有歌声从操场上传来。

通往梦城的火车

他知道自己在飞奔的火车上,但梦里认定乘坐的是一艘跌宕的海船。他已经很多年没有坐过任何船了。意外地,他在梦里见到了父亲。

父亲比上次见时更显苍老,坐在床边,抽着烟,说老家要办事,要他务必在清明节前将地里的玉米收割好,免得碍事。他记得父亲是从来不抽烟的,现在,烟气不断喷出,逼仄的船舱拥挤着难闻的焦煳味。他就在这时醒了。

抽烟者睡在下铺，一个中年男人，刚刚受到乘务员制止，这会儿正烦躁地低声斥责对面的儿子。小男孩躺在铺上，蜷着身子，抽抽咽咽哭个不停。

　　上车时他已经知道他们是父子，出门去某个地方旅行。看来旅行伊始便有些不顺。他有些纳闷，为什么出门游玩那个男人不带上孩子的母亲。

　　他回忆自己小时候，总是和母亲在一起的时间比较多，并不是因为父亲忙于工作，疏于照顾，而是他自小和父亲稍近距离，就感到透不过气的压抑。熊一样的父亲有着健硕的体魄，棱角锋利的阴郁表情，他怕和父亲面对面。

　　下铺中年父亲还在吵儿子，小男孩依旧哽着，既不敢大声哭出声，又委屈得停不下来。一直到火车到站。他从上铺爬下，穿好鞋，拎上背包，顿了片刻，趴在那个父亲耳边低语：省省吧，你的儿子早晚有一天会比你更有出息。

　　火车倒出他们这拨乘客，驾着清冷的寒风又开走了。那对父子惊愕地透过窗口望向他，中年男人眼里夹着敌意和恼怒。

　　他若无其事转过身，心里盘算，这对相处不恰的父子还要捆绑在一起多少年。他生活在父亲的阴影下，一直到他上大学，能够名正言顺边打工边读书，不再拿家里一分钱。

　　最后一次见到父亲是五年前，在母亲的葬礼上。他连夜赶回，母亲在桌子上，退缩进一张相框里，黑白分明的颜色使她的容颜比往日更清晰。晦暗幽冷的气息盘旋在屋内的角角落落，明亮的阳光只在门口逗留片刻便折身而去。他转向床边神色木然的父亲，咬牙切齿地质问："李冬生，我妈死了，你为什么不哭！"父亲茫然抬起头，没有料到他会发难，困窘得有些不知所措。

　　他从不知道父亲李冬生有没有爱过除自己之外的其他人，据说父亲和母亲的结合，是父母之命媒妁之言。母亲似乎从未从他那里得到过柔情，也没听过一句可心的话，待父亲心情不妙还会遭受一顿殴打，可母亲一生却从没有发过一丝怨言。他们在一起时，家里总是寂静的，很少听到他们相互交流。他不太理解他们那个年代的婚姻。

　　母亲去世后，他曾劝说父亲到他家里居住，市区怎么也要比县城条件好，尽管他对父亲心存不满，但那毕竟是他的父亲。父亲先说要考虑考虑，而考虑的结果是，半年后不打招呼便结了婚。

如果不是前几天二叔三番五次打来电话，他再不想回到家乡。他从未想过不许父亲重找幸福，而是无法接受母亲尸骨未寒，父亲便新婚再娶。后来他还是听媳妇的，寄去一千元贺礼。不过之后便断了往来。

二叔说，小子，我知道你心里有疙瘩，不过这事非你回来不可。出大事了，出大事了。

他病了？

不是。大事。你还是回来吧，我的话你爹不听。他这个人，一辈子孤拐惯了。难得听人劝。二叔在电话一端叹气。

小生子，回来吧，再随他们折腾，你爹就要被折腾死了。

到底什么事，二叔。他问。

唉，回来再说，回来再说。

二叔死活不讲，他只好回来。站在十二月的站台上，冷风从四面八方扑来。

父亲住在二叔家，从先前买的那套婚房里被赶了出来。来接他的二叔在路上介绍了事情的来龙去脉。

父亲竟然伤在那位新娘身上。母亲去世后，邻居怕老是闷在家里的父亲出事，就带他出去参加一些活动，组织者是中老年婚介中心，一来二去，父亲与其中一个相谈颇投，中心有意撮合，其他人煽风点火，父亲就这样匆匆结了婚，并且卖掉旧居买了套新房。没想到今年那女人与前夫的儿子要结婚，说是母亲出资买的，便强占了去。查查房产证，确实是那女人的名字。唉，说理说不过，那女人翻脸不认人，你父亲就这么到我这里了。

他半晌无语。一路思谋，从没想过是这种情况。简直是一场闹剧。

接下来的一段时间，他一边幸灾乐祸，一边为房子的事四处奔波，早出晚归。父亲李冬生从不肯走出卧室吃饭，偶尔见到他，总是闪闪烁烁一副做了错事的表情。

事情进行得还算可以，对方那个儿子人也不算太混，只是穷。自始至终他都没和那个女人见面。他不知道经此波折，父亲还会不会愿意和她过到一起。重新拿回房门钥匙后，他换了把新锁。

簇新的防盗门钥匙摆在李冬生面前，父子俩谁也不说话。

明天我回去。李冬生点点头。

有事打我电话。李冬生认罪似的，再次点头。他发现，五年前还挺拔的李冬生已然是一头白发，邋邋遢遢像大街上没人照料的糟老头。不由一阵心酸。

蓦然他想起下火车前，对那恶狠狠吵儿子中年男人的留言：省省吧，你的儿子早晚有一天会比你更有出息。他从自己身上抽离出去，仿佛看到长大的小男孩，站在那个急躁无情的父亲一旁，强壮、高大、有了扳倒世界的能力。可为什么，他根本没有为童年的伤害感觉到哪怕一点儿安慰？

要不，还是跟我走，以后让我照顾你吧——他犹豫再三，脱口而出。

出租车司机

当他的车与广场石像再次相遇，看到灌木围栏上的雪更加肥硕。

这已经是第三次经过，而车后座的乘客依旧默不作声，没有停的意思。他瞥了一眼反光镜，镜中的客人探身看着窗外雪飘大地，只是一脸落寞。

从三小时前客人坐上他的车，就是这副表情，已经赚得差不多了，他有些于心不忍，觉得有必要提醒一声。

"老板，再往前一点儿，就是您下榻的宾馆了。"

"哦。"客人如梦初醒，"咳，我都忘记了。是不是耽误师傅你下班了？"

他咧开嘴："怎么会，俺最开心的就是车轮滚滚。"

"呵呵。"客人笑了，轻声地，在嗓子里嘀嘀咕咕，像是被他一番话逗乐，却又因为哪里的栓塞没打开，捂在胸腔。

"师傅是乐观人，家里有几口人？"

"老爹老娘，老婆孩子，还有一个弟弟，六人组合。"

"多好啊，下了班，一家人乐乐呵呵，三世同堂。"

他抿抿嘴，没提老婆病快快已经半年没下过床，没提弟弟弱智大小便不分，没提儿子学习不好三天两头学校要叫家长，他出车养家，七十岁爹娘管一家子生活。同堂？他蓦然觉得自己这一生是多么失败。

一阵乐曲，是童丽的"梁祝"，他爱听，常常在出车时播放。那股缓缓柔和的声音，像水流过，慢慢熨平他的心。

客人看都没看，关机。拍了拍前座：

"师傅，跟我走吧，按出车计费。"说完，不容置疑推开右门下了车。

锃蓝的出租车停在宾馆门口，街上的灯光华丽地铺排，极尽张扬，他猛然想到，今天是平安夜。他说不出为什么，问也没问，锁上车便随客人而去。这不像他谨慎的风格，对那一以贯之的风格，他突然想报复一下。

客人没有去餐厅，而是去了宾馆的歌厅。他小小地失望了下，以为会享用一顿美食，尽管出车前他刚刚吃了六个老娘蒸的大包子。

客人开了间大包，领班过来，恭恭敬敬地问，要不要叫两位小姐。他心里突了下，无缘无故脸上挂不住，他偷瞥了眼客人。

"不用了。"客人说，"两打啤酒。"

"好的。"领班垂手而退。

"没事的，不是你想的那样，这里很干净，只是陪唱歌。"客人走近沙发，歪身坐下。

他讪笑，掸了掸衣服上的皱褶。左扭右扭，在另外一个沙发上坐下。

啤酒来了，墨绿的小瓶，不锈钢架托着。他从没见过。

"全部打开。"客人指示他拿起一瓶，隔空与他虚碰了下，仰面饮了起来。

一种清甜顺喉而下，他举起酒瓶凑着灯光打量，瓶身居然没有一个认得的中国字。他又灌下一口,片刻身子从里往外散发出暖气。

"老板,你唱个歌吧。"他问。

客人像没听见,兀自喝酒。

几口酒入肚,他放开了,拎着瓶,走向点歌机。

他有一副好嗓子,从小学到初中,然后到当兵,他一直是文艺骨干,独唱,领唱,他都干过。许多人都说他入错了行,如果再稍稍受点乐理训练,铁定比内行还内行,哪儿轮得上快女超男。曾有人建议他报名《星光大道》,他确实动过心,可想想一家老小实在离不开,又怕费劲,就放下了。不过每次看到毕福剑那张憨厚的脸,他都想找什么人哭一场。

他最拿手的是唱红歌。看客人的意思是要继续独自喝下去,反正歌房是掏了钱的,不唱白不唱。

刚开始他总扭头看沙发上的客人,怕人家不高兴,后来竟入了戏,直唱得江河直下,风动云摇,唱得淋漓尽致,肝胆顺畅,喊出了生活里这么些年埋在心里的不痛快。几十首过后,他不是在唱了,而是在喊,声嘶力竭地吼。终于连吼也吼不出了,站在歌房正中筋疲力尽地喘息。

"啪啪啪。"稀稀落落的掌声,啊,是沙发上的客人,他几乎忘了这个重要人物。

客人桌前摆了一堆酒瓶,此时正醉眼微醺冲他点头鼓掌。

"老弟,好声音。"客人说,"知道吗?我最拿手的是弹电贝斯,"客人比画了个动作,"拿过全国大奖。信不信?信不信?"

"信,信,信。老板一看就是人中龙凤,和我们小老百姓不一样。"他连声应和。

"错。你这么说我不喜欢听。"客人摆了下手,"我祖父曾是个将军,他说,音乐不过是个玩意,无用之物,家里人只许当玩意玩,谁也不许当真。知道吗?不许当真。老爷子的话就是祖训。我玩了一年,拿了奖就不再玩。"

"您家老爷子有思想,音乐确实不能太当真,太当真,它就开始耍你,耍得你找不到北了,耽误事。"说话间,蓦然一个姑娘闯进他的心里,那窗子里

脱俗的丽影曾那么清晰地印在他心上，他为她而热爱唱歌。只有当他唱歌的时候，她才会打开她的窗户。

那时候他还是半大孩子，那段美好又纯洁的情愫他从未向人坦白过，连家里人都不知道他小小心灵隐藏的秘密。后来对面楼上的姑娘不再露面，不知所终。他从此做什么也好像少了点激情。

"无用至极。"他摇摇头。努力摆脱突如其来的回忆。

外面传来一阵喧闹。

"什么声音？"客人问。

"平安夜，今天是平安夜，十二点了，有人在祝贺。"

"呵。"客人不以为然。

喝完最后一瓶酒，他们走出歌厅。客人没有多说什么，抽出几张纸币，给他，然后面无表情转身而去。

他被夯了一拳，感觉自己像个妓女，陪人欢笑一场，曲终人散换得几块冰凉凉的银两便被打发掉。

没过多久，他便释怀了。

雪还在下，宾馆门外的雪地静静悄悄。

存在的和假设的

很多年以后，她们不再相信莎士比亚，也不再读波伏娃，而慢慢有了入世的心计，于是那些天使离开梦幻天堂，纷纷去人间寻找各自的"身份"。

后来她们又觉得孤单，天帝便赐予她们每人一个孩子。所以那些孩子也是天使。

天帝在制造中，出现一个大问题：有个小天使只有半颗心脏。

女天使从产房抱出孩子，不肯让人将他带走。她相信天帝是慈悲的，不会疏忽，也不会出错，所以他一定是别有用意。

女天使因为这个"问题"而变得无比坚强。她更加努力地工作，一是为了赚好多钱为孩子看病，二是让自己累，没有多余的空闲和情绪去伤感。

夜深了，太静。月亮在万里之外引发巨大的潮汐和海啸，砰砰，将海浪举起，摔成一块块坚硬的碎片。地动山摇。女天使在这世界的坍塌声中久久无法睡去。

屋角有一盏红色的夜灯，在黑暗的寂静中像一颗孤单倔强又脆弱的心脏。夜灯近旁是张小沙发，白天时她的儿子曾经坐在上面，专注地读漫画。三年了，其实他总是坐在那里读她带回的各种漫画。布面沙发两边的扶手和靠背都有了磨损。望着那里，女天使心里温柔起来。她还是无法堪破天帝的谜团，她决定明天带儿子出门，去他向往中的游乐场。

不是周日，公园里空空荡荡，青葱的草地上停着几只麻雀，不断跳跃着啄食着泥土中的草籽。

儿子问，那是什么。

是天使的使者。母亲告诉儿子。每从天上下凡一个天使，都会有一只鸟儿成为使者，守护着天使。

什么是天使？

所有的好妈妈和所有的好孩子都是天使。

妈妈，你是天使吗？

是的。

我是天使吗？

是的。

好哟。孩子拍手大笑。妈妈，这些鸟哪一只是你的使者，哪一只是我的使者？

离我们最近的那一只，任何时候都不肯离开我们的那一只。

嘘——母亲扬手喊了一声，草地上的麻雀呼啦全部振翅飞走。

儿子失望极了，半天小声问：妈妈，为什么那些使者都不理我们了？

因为那些是别人的守护使者，不是我们的。

我们的在哪里？

母亲指指天空，佯作惊喜：看，在那里，冲我们笑呢。

在哪里？在哪里？我怎么看不到？儿子转动着苍白的小脸蛋四处寻觅。

刚刚还在，现在藏起来和你躲猫猫呢。

儿子说了很多话，有些累了，他窝下身子不再寻找，轻轻闭上眼睛。妈妈，我的守护使者是什么样子？和妈妈的守护使者一样吗？

妈妈，我希望他也叫她妈妈。

是的，他们也是母子。快乐的母亲和儿子，他们在天上飞呢，从不分离。

母亲抱着儿子坐进摩天轮。漫画中，摩天轮总是一部分在地面，一部分在云端。

云端离天堂很近，天堂才是天使们的家。所有的天使终有一天都会回家的，也许一起，也许悄悄独自一人，也许是两个人，像他们——母亲和儿子。

摩天轮快接近天堂时，母亲的长发全白了，发丝像银子一样在风中飞舞、唱歌。她又变回下凡前女天使的模样：娇美、纯洁，相信一切的美好。

一对闪闪发光的鸟儿落上摩天轮的窗口，摆动着它们的小脑袋叽啾叫着。它们既不是麻雀也不是平常见过的鸟儿。

女天使摇摇怀里"熟睡"的儿子。看，孩子，我们的守护使者。

孩子无声无息，嘴角是长途跋涉后甜甜的微笑。

天堂站到了。摩天轮在台阶前停止转动。

女天使推开门，托着小天使向云雾隐现中的金銮宝殿飞去。

 岔路

　　一张薄薄的纸占领了整栋建筑,精细地把这栋建筑内部分割成若干空间,划分出一个个属性。每一个属性就是一项任务。任务的最终是把那张纸的空白处填满,写成红字,或者黑字。红字代表警戒,黑字代表健康。这栋建筑是中心医院的"体检中心",这张肩负认证使命的纸叫"体检表",是三中老师们的职工福利。

　　向红梅走进这栋建筑前,一只巨大的鸟影猛然从她头顶掠过,她抬头望去,天空凝着牛乳洗过般的蔚蓝,浩渺邃远,几枝梧桐树干用力向上托举硕大的树冠,九点的阳光刺穿缝隙在树叶间闪烁,空气中弥散着五月槐花的清香。没有发现鸟。她下意识地拨拨头发,这来自家乡一个传说:据说头顶被鸟飞过,会带来厄运。

　　学校里大部分老师都已经体检,向红梅一直拖到这个星期日才抽出时间。当正午全部项目通过,她和所有的人一样疲惫不堪。许多人坐在铁皮椅上吃"体检中心"大厅免费赠送的面包、火腿和热水,向红梅领取出来,边吃边往外走。下午她有一节小课,一位家长悄悄塞给她预付的学费,请她给儿子补习几何。那些定理与数字把母子父子关系激化,家里天天充斥着火药味。其实那位家长不用那么畏缩,向红梅有许多这样的小课,每天《新闻联播》之后,她都走出家门,走入另外一个小区,那是她婆婆家,她在那里接待学生们。她从不在自己家上补习课。家属院,人多眼杂,教师们的眼睛

都训练有素。她走出"体检中心"大楼，手里的面包与火腿也刚刚消灭干净。

医院门外出租车排着长龙，车身与车窗反射着蓝色的亮斑。向红梅把手中的塑料袋扔向垃圾桶，拒绝了出租车司机们殷勤的邀请。热气扑面而来，把身上的积寒逼出体外，向红梅又想起临进大楼前那只鸟影。

"大姐，坐车吗？"一辆带篷三码车慢慢跟上来，四十多岁的驾者伸长身子讨好地冲向红梅微笑。向红梅注意到他身边放着一架黝黑的拐杖。她摇摇头。

"大姐，坐吧，不要钱。"

这下向红梅站住了，她忍不住警惕起来：从来没有听说坐车不要钱的，尤其是残疾人赖以维生的三码车。

"大姐，你不认得我，我儿子顾平是你的学生。"驾者羞愧地说，似乎为儿子有这么一个父亲惭愧不已。

向红梅想了起来，在她的学生中，顾平是唯一和她是老乡的学生，只是她从来没有捅破这层关系。多一事不如少一事，现在的学生家长各个神通广大，没有关系还要搞出些稀奇古怪的关系，更不要说老乡关系。她记得平时开家长会，偶尔会有一个满脸菜色的女人出席，一声不响坐在最后一排，与前排的顾平遥遥相隔，从不主动问老师什么问题。好在顾平是个安分的学生，实在安分得可以，成绩不是最好也不算太坏，向红梅也就没有过于照顾。没想到顾平的父亲竟然是残疾人，由此可以想知他的家庭条件。向红梅突然心里一热。

向红梅想起她去师范大学报到那天，天冷得打着冰溜子，犀利的寒气把人世间的情绪分成两部分，一部分是飞奔欲去的"憧憬"，一部分是忠心实意的"祝福"。当逶迤的火车载着向红梅远离，家乡的小站显得说不出的清冷与孤单。数十口老少远眺火车离去的方向，没有人交谈，也没有人离开。向红梅记得自己隔着窗户泪流不止。

是什么让我们越来越世俗，是什么让我们的心灵越来越麻木？向红梅迷惑不解。

"大姐,坐吧,真的不要钱。你教孩子,可我们实在拿不出什么表示感谢,也不知道该为你做点儿什么,就坐一回我的车吧,让我心里也好受点儿。"顾平的父亲仰望着向红梅,再次诚恳地请求。

向红梅说,好。顾平的父亲像中了大奖一样绽出笑颜,停稳车,候向红梅上来,然后开心地起动。

当红色的三码子"突突突"奔跑起来,向红梅在一路颠簸中红了眼眶。

太阳雨

初一学生李小宇似乎是一夜长大成人。未脱稚气的唇边拱出一圈毛茸茸的胡髭,声音也变了,记得前些日子还是朗朗童音,今天听进耳朵里的突然成了低哑的男声。脚上的鞋子总也不合适,脚丫子几天就大一个尺码。小宇妈妈发现儿子突如其来的诸多变化,心里且惊且喜。

最近小宇似乎有什么事瞒着她,神神秘秘的。小宇妈妈问他,小宇却支支吾吾不愿说,只告诉妈妈他没办坏事。小宇妈妈决定到学校和班主任沟通下情况。

还没等她去学校,班主任张老师就打来了电话。

一屋子人挤在二楼教务处。小宇妈妈吃惊地发现小宇也在,身边还站着几个年龄相仿的男同学,正和一对母女吵架。

小宇妈妈听半晌才听明白,这个女同学说李小宇在班里当众骂她,骂得很难听,这母亲是带着女儿来学校兴师问罪的。

"李小宇，你到底有没有骂王丽丽？"张老师威严地问。

"没有的事，我从来没骂过她。"小宇大声辩解。

"我们可以当证人，李小宇没骂王丽丽，我们还要反映一个情况：王丽丽纯粹是挟私报复，平时她总是骚扰同桌的李小宇，和李小宇说话，李小宇不爱理她，这次王丽丽考试要抄李小宇的答案，李小宇没让抄，王丽丽才恶人先告状的。"其他同学一口称是。王丽丽的母亲护住王丽丽大骂不止，骂他们没教养，合伙儿欺负丽丽。

张老师脸一沉，问王丽丽："王丽丽同学，你们都是我的学生，我不袒护我学生中的任何一个，你实话实说，这些同学说的究竟是不是事实？"

王丽丽羞得无地自容，她拽住妈妈的胳膊往外强拉："妈，你别说了，你别说了。"一气儿把自己的妈妈拉出了教导处。

小宇妈妈望着那个母亲骂自己的女儿窝囊，给人欺负了不敢反抗。而那个女儿耷拉着脑袋嘴里嘟嘟囔囔说自己的母亲像个泼妇素质太低，都和老师吵了起来，让她以后在班里怎么待啊。

晚上，李小宇回到了家，妈妈假装很偶然的样子，问小宇今天在学校过得怎么样，有事没。没有。小宇平静地回答，和平时一样洗手吃饭，写作业睡觉。今天他没有出去。小宇妈妈心里却没轻松多少，叹口气。

小宇妈妈的疑虑没有等多久。

大约是过了十天，李小宇比平时回来得更晚，直到晚上九点十二分才到家。小宇妈妈在家等得心急火燎，打遍电话，同学、亲戚、朋友也都没信。正要出门找时，李小宇回来了。脸上红扑扑的，嘴里喷着酒气，他身子有些打晃，开门见到妈妈，兴奋地两眼放光："嗨，老妈！"

小宇妈妈气得不由流出眼泪，李小宇一看妈妈哭了，慌了神："老妈，你怎么了，你怎么了。"伸手给妈妈擦泪。

小宇妈妈赌气把他的手摔到一边儿，转身坐到沙发上不理他。

"老妈——"李小宇扔下书包，像小时候一样蹲到妈妈身边讨好地摇妈妈的腿，"老妈，别生气了。如果我告诉你你儿子这几天做些什么，你肯定大吃一惊,对你儿子刮目相看。"李小宇得意地傻笑。

原来,前些时候与小宇玩得不错的同学中,有一个在外面和人玩网络游戏,结果和人争斗起来,对方其中一个是那天到学校告状的王丽丽不知在哪儿认的干哥,也不知怎么闹的,对方要小宇同学赔五百块钱。一个初中生哪能拿出那么多钱,而且平白无故给对方,确实冤,怎么咽得下这口气。双方谈不拢,相互纠集一帮人要打架。这同学找到李小宇,要他帮把手,李小宇得知原委,静下心来和同学讲,不能意气用事,要理智摆平,并找来其他要好同学一起劝解。在平息了同学的火儿后,他们联合一起和对方谈,那几晚不断出去就是做这件事。开始时对方口气很硬,看不起这帮初中生,并指使王丽丽诬告李小宇,也是警告,也是希望以此拆散这个团体。没想到没有成功,王丽丽被羞跑了,李小宇这边更加理直气壮和对方讲道理,通过不懈努力,对方被拖皮了,终于答应和解,今天晚上他们在小摊上喝了点儿啤酒,同意往事一笔勾销。

李小宇讲完,酒意发作,窝在沙发上睡着了。瞅着酣然甜睡的儿子,小宇妈妈目瞪口呆,没有想到事情竟然这么复杂。她忍不住一阵后怕,如果小宇交上一些坏朋友,如果小宇碰到的那帮人心狠手辣不明事理,如果……若干种如果都有可能,任何一种如果都让小宇妈妈心惊肉跳,想着想着,小宇妈妈忍不住哆嗦起来。她马上拨通在外出差的老公的电话,把这情况告诉他,问他怎么办。爸爸在那头儿沉默良久:"要对咱们的儿子有信心,相信他的选择。"这是什么回答,小宇妈妈在这头儿欲哭无泪。

第二天,李小宇吃完早饭,像往常一样,冲妈妈说声要上学就走。小宇妈妈急急忙忙赶出来,递过一个水瓶,李小宇抬眼满是疑问。"渴的时候可以喝水,有危险时可以当武器。"李小宇夸张地大叫:"不会吧。"母子俩相视大笑,自昨天晚上李小宇痛痛快快和妈妈谈过心后,两人间那层雾霭消淡,感觉那份失落很久的默契又回来了。

五月末的阳光明媚耀眼,洒在每一片绿叶上,透过树隙漏出道道反光,像洒出的点点太阳雨。小宇妈妈望着儿子走在树荫下的背影,头上、肩上、

整个后背,都洒满了这种亮亮的太阳雨,让他显得更高更结实。她叹息一声:孩子真的是长大了。

乡事

张家村这两天炸了窝,天天有人干架。不是叔伯兄弟,就是不出五服的远房亲戚,媳妇妯娌掺和进来更是乱成一锅糨糊。村长来喜急疯了头,可也干头痛没办法,唉,这个村子全是他张氏一族,打了骨头连着筋,办谁也不好啊。

造成混乱的引子是一笔钱,县里的农民粮食直补款到了,每亩地四十块钱的补贴,各乡各村正在登记准备发放。啊,这本来是一项惠民政策,可到底下就出了乱子。

原来这地是早些年就分好的,按当时各户人头劳动力平均分配,可多少年了,有去世的,有成家另过生孩子娶媳妇的,这地的分配就不适应环境了。张家村,全是自家族人,几个老人和当时的村干部一合计,不如自己立个土政策,也是让各家有地种,别让地有的荒有的紧,就招来全村人又重分了地,可这毕竟不是合法的事就再三说明,只能算是私下种地协议,不能和国家政策对着干。

这些年过去了,各家也挺满意,可这国家直补款一下来,马上打翻了平静,闹得是天翻地覆,还有人吵着去乡里上访,乡里解决不了就找县里,县里不行告市里。

闹得最欢的是村长来喜的三哥来双和五婶子。

五婶子大胖身子一横，怒气冲冲地骂来双："你小双子打你老娘啊，打啊，让你张家房的人全看看，你小双子能了，会欺负俺这孤儿寡母的了。"

"你——你咋不讲理哩，明明这几年你家来福在外边儿打工，你那二十亩地全包给俺种了，咋见着补贴款就不认人了哩？"来双气得不行，脖筋子蹦得三尺高。

"国家有政策，当年分的地三十年不变，白纸黑字，该俺的就是俺的，凭啥让给别人？"五婶子理直气壮地顶他，"你拿出来个白纸黑字的凭证给俺看看，要是说这地是你的，那钱俺一分也不要。"

"你——"来双急红了眼，笨嘴拙舌的他吵不过五婶子，干瞪眼。

来双媳妇怯生生走了出来："婶子，咱可是一家子，做事不能太绝了。"

"啥？绝？俺拿该俺的东西就叫做事绝？想当年你们做事不绝，咋没划给你们呢？俺这一房也是土里来土里去，给地尽了力，不是人全没了，这两年才让你们种上？"来双媳妇真是不会说话，她触着了五婶子的痛处，五婶子眼泪哗哗流了出来，哇啦啦哭上了"俺那几个早死的儿呀，你们要在，能眼看着你们娘给人欺负啊，骂你娘绝了后啊……"

这可一发不可收拾了。来双急得真跳脚。

来喜去劝五婶子，也被五婶子骂成是和来双兄弟俩穿一条裤子的。

正不可开交，有人提了个议。不如大家去找凤如大爷。

来喜一听，可不是个理儿啊，凤如大爷可是张家村的镇村之宝，辈分高，威望高，当年也是分地时的老村长，找他可太对了。

凤如大爷还没听完几个晚辈的陈情，就勃然大怒，花白的胡子气得撅老高："呸，一群不成器的东西，见钱眼开的玩意，俩破钱就撕破脸闹成这样，丢不丢人，还是不是我张家子孙啊，想当年俺们一队的人去抗美援朝，张家村就回俺一个人，谁给国家要过一分钱，现在就这俩钱，你们就跟疯狗见了骨头似的，人心黑了啊……"

来的几个人脸上挂不住了，悄悄地开溜，包括五婶子，她嘟嘟囔囔说她给人欺负了，也不敢多留，想想她早先的几个孩子夭折时并没有成人，那些年，确实队里的凤如叔、族里的人没少拉帮她，就自己悄悄溜走了。

凤如大爷一气儿骂到半夜，骂得整个张家村家家闭户，安静了来。

第二天，来双两口子提了盒点心去五婶子家串门，外人不知道他们谈了些什么，可眼尖的人见到来双两口子告辞出来时，五婶子满脸笑意地送出了门。

黄老大

黄老大威风凛凛地站在窗台上，瞪着溜圆的大眼俯瞰脚底下的黑皮，全身金色长毛炸起，使它看起来比平时壮大了若干倍，嘴里"呜呜"发着进攻前的低吼。

黑皮偷咽口唾沫，心里有点胆怯了。

眼前这只看起来极具攻击力的怒猫，几天前一直表现得怏怏不振，从主人给它在脖子上扣上链子后，就天天趴在猫篮里，偶尔有人自它眼前经过连个眼皮都没见它搭过。黑皮痛恨这种自高自大的骄傲行径。尤其是主人在给予那只小猫的关注明显优于黑皮后，黑皮那颗动物的心脏彻底失衡，瞧瞧，它脖子上亮晶晶的细链曾是它黑皮的财产啊。

黑皮不该这时候自伤自怜，尤其是充满怨怼地瞥了眼那挣断的半截细链，一刹那，黄老大捕捉到了战机，一声狂叫，奋勇一跃，扑到黑皮的狗头上，尖利的爪子毫不留情展开了攻击，并迅速分出了胜负。

黑皮的脸上血淋淋一片，像一块揉烂了的破布，狼狈地在地上打滚痛得"嗷嗷"怪叫。黄老大又跳回窗台，瞥了眼手下败将，长叫一声，拖着半截长链几个腾跃飞身上房，扬长而去。

它要去找它的旧主人。

来现在这个地方时，它是被人蒙在一个黑袋子中的，至今，它仍能回忆得起那个黑袋子中散发出的陈旧樟脑味。

它一定要找到它的旧主人，那个叫作梅梅的小女孩儿。只有她，它才愿意被她搂在怀里，摩挲着它滑缎般的长毛，咪咪咪咪地叫着。只有这时候，它才会全身放松，闭上眼，肚子里舒坦地咕噜咕噜打着呼噜。

"黄子，你是一只虎呢。"叫梅梅的小女孩儿总这样对它说。

"你娘只有你一个儿子呢，"梅梅继续对它说，"姆姆说，猫妈妈如果一胎只生一个娃娃，那这个小娃娃就是一只虎哦，如果生两个，那么就是两个豹子。"

"如果是三个呢？"黄老大懒洋洋地蜷在梅梅怀里，长长的尾巴像一把拂尘轻轻扫过梅梅的脸颊。三月的阳光像一双会让人平静下来的大手，暖暖地抚摸着这个小院，拂在黄老大和坐在小板凳上的梅梅身上。它享受着这暖暖的阳光和梅梅的抚摸，感觉这应该就是妈妈的味道了吧。

"黄子啊，可怜的黄子，你是有妈妈可又没有了妈妈，而我是有妈妈却从没有见过妈妈，咱们俩一样啊。"梅梅低低对它一个人说话，亲吻着它的毛皮。

听说梅梅的妈妈在远方的城市打工，听说梅梅的妈妈身边还有一个小弟弟，听说……黄老大从梅梅的嘴里和姆姆的话里听到一些，可是，妈妈不回来又怎么样呢？这个世上，只要有梅梅和它两个就好，只要他们在一起就不孤单。

黄老大的妈妈在黄老大出生没多久就不在了，死在邻居屋顶的鸽子房前。凶器是一把长长的气枪，邻居一手拿着几蓬散乱的鸽毛，一手倒拎着猫尾到梅梅家里质问，说这只该死的猫偷吃他的鸽子。

当时情景黄老大自然是不知道,它的眼睛还没有完全睁开,趴在窝里像一只没有毛的老鼠。这些,是以后的日子中梅梅告诉它的。

"你的妈妈可是只好猫呢,它才不会去偷别人家的鸽子。"梅梅气得泪眼汪汪。

从那时候起,黄老大在心里就记住了梅梅的眼泪,它在闲暇的时候总是盯着邻居家明显高出梅梅家屋顶的那间鸽子房,有时盯得痴了,它都忘记了梅梅的到来。

"黄子,你的眼神有时候让人害怕呢。"梅梅一把搂起黄老大,举到脸前,左左右右审视着,"唔,我的小黄子长成了能抓老鼠的大猫了。"梅梅"咯咯"笑了,和它头抵头,轻轻碰触着。

如果不是邻居家的鸽子事件频发,黄老大也许依旧安详地蜷在梅梅膝盖上打着它的呼噜。可是不行了,邻居家的鸽子每个夜里都会遭受几场屠杀,有人看场也没用,杀手机警地选择着时机,每夜惊天动地的骚乱后,总能成功脱逃。七月,火热的季节,让人惊心的季节,四处弥漫着隐隐血腥味道的季节。

然后黄老大被送人了,因为它是猫,一个住在鸽子房旁边的猫。

连续奔波了不知几个日夜,黄老大终于找到了方向。它的爪子残破不堪,皮毛打着绺赶了毡,看不出一点儿原先的本色。这只曾勇斗一条黑色大狼狗的流浪猫,借着月光在人家房顶上,看到那间高高的鸽子房时,眼里不由滚出了泪珠。

它"嗷呜"一声低吟,飞快奔了过去。

"砰——"一个沉闷的声音奇怪地在它耳边响过,身体像是撞在一面弹簧墙上弹向一边。黄老大艰难地抽身向梅梅家那棵树蹦去,可是,它永远也蹦不上去了,那半截细链挂在了鸽子房探出的一根铁棍上……

黄老大粗粗地叹了口气,恍恍惚惚间,又是那个三月暖暖阳光的下午,它被梅梅搂在怀里,梳拢着满身金黄灿灿的长毛,咪咪咪咪地叫着……

狗点点

冬夜来得很早,匆匆就为苍穹披上了黑的暗纱,月亮惨白着脸色吊在半空,像个守丧的寡妇。这样的晚上不招人喜欢,尤其时不时忽远忽近传来夜狗的长号。

"怪瘆人的。"长歌身子往被窝里缩了缩,拿被子使劲捂住耳朵。

"妈妈,欢欢又在哭点点了。"儿子小东在一旁低语。

"别瞎说,快睡。"长歌呵斥道。

"也许,外面叫得那么凄惨的,真的是欢欢也说不定呢。"老公也开了口,"当时下手确实狠了点。"

"都不睡是不,不如你们也去外面喊两嗓子去?"长歌恼怒地隔着被子一脚踢去。

马上都没声了,一会儿就响起一大一小两个鼾声。

长歌却睡不着了,她脑袋里乱哄哄想着叫欢欢的那条狗,然后想起了点点。

点点是他们家的看门狗,一条从老家带来的土狗,一身黄不拉叽的黄皮,精瘦精瘦的怎么也吃不胖。老公踢它一脚"诺,就这瘦模样,柴狗"。长歌不明白柴是个什么意思,大约是干瘦如柴火棍子之类的吧。

点点在家的工作就是看门,白天看,晚上看,尽职尽责。家里人回来它又摇尾巴又撒欢,打着滚儿又是啃又是舔,殷勤得不得了。虽然一般情况下除小东外家里人赏它的都是一脚,却并不妨碍它的忠心与继续讨好。

点点的伙食不能说好,也不能说差,家里剩什么,它的饭碗里就是什么,每次都吧唧吧唧吃得津津有味。

如果点点不是因为它的爱情,它也许会永远单纯而快乐地生活在这个家里,有人时在人前晃来晃去,没人时自己追逐自己的尾巴咬着玩,或者偶尔抓个老鼠什么的,守着日子在平淡中安安稳稳地度过。

可它恋爱了,可见,爱情这东西并不是每个人或者每条狗,乃至每一生物所有能力拥有的东西。

它爱上的是邻居家的欢欢,一条狐狸犬,严格来说,也不是邻居本人的,欢欢的主人出差一阵不在家,托给邻居代养几天,除托养费外,还另有一笔不菲的伙食费。

欢欢来时带有一个小箱子,里面全副装备样样齐全,精致的小梳子就有好几把各式不同的。这让长歌想到她的梳子,还是她结婚时买的那把大红的,和欢欢的一比简直俗透了。

邻居常抱着欢欢在小街上遛弯,大声地和人打着招呼,欢欢的到来,成了小街一道亮点。

邻居把欢欢视若心尖尖肉,当命一样看待,可是,欢欢却迅速消瘦下来。邻居急得直上火。

有一天,欢欢又欢了起来,它找到个伙伴,就是长歌家的点点。

两条狗打打闹闹像两个小孩子,互相追逐着,轻轻咬着对方的鼻子、耳朵、嘴巴、爪子。小街上的人家瞧着哈哈,观看两条狗的表演。长歌的老公也笑得合不拢嘴,时不时踢玩耍中的点点一脚,"奶奶的"。

欢欢的恢复让邻居的脸上又有了血色,可没两天,他大概意识到什么,不再让欢欢和点点玩,看得紧紧的,不顾欢欢渴望出门呜呜地哼哼,把它关在家里就是不让出来。

点点也失了神,整天不是在院子里没精打采地瞎转,就是一次又一次巴着门缝向外瞧。

"奶奶的,人家贵族千金,能嫁给你土老帽? 奶奶的。"长歌的老公呸着点点,看不下去了,又是一脚踢去。

欢欢的主人回来了,带走了欢欢。

似乎关于两条狗的友谊也应该画上一个句号。

可是,有一天,邻居跑进长歌的家,破口大骂,骂的不是人,骂狗,骂点点,祖宗十八代都连上了。后来长歌听明白了,欢欢回去后开始害口,好像是点点的种,欢欢的主人十分愤怒,他早为欢欢谋了个好夫婿,和欢欢一样是纯种的狐狸狗,可就在出差的这两天出了岔子。他向邻居索赔,否则就告邻居。

邻居天天来家里骂,听得长歌都不好意思,她把孩子打发到了娘家。

"奶奶的,奶奶的。"长歌的老公一脚一脚踢着点点,有一次大概是踢累了,火头上顺手操起一根大棍,一棍子抡了过去……

点点就这么死了……

死于它非分的爱情……

冬天的夜很凄冷,长长的,有着寂寞的味道,夜狗似乎停止了长号,长歌舔舔发干的嘴唇,眯起眼想睡了……